U0371075

# 九月重生

## 实录：一对忘年交的生死对话

欧燕华　著

中山大學出版社
SUN YAT-SEN UNIVERSITY PRESS
·广州·

图书在版编目（CIP）数据

九月重生：实录：一对忘年交的生死对话/欧燕华著．—广州：中山大学出版社，2016.7
ISBN 978－7－306－05735－8

Ⅰ．①九…　Ⅱ．①欧…　Ⅲ．①随笔—作品集—中国—当代　Ⅳ．①I267.1

中国版本图书馆 CIP 数据核字（2016）第 146379 号

出版人：徐　劲
策划编辑：徐　劲
责任编辑：刘丽丽
封面设计：方楚娟
责任校对：刘丽丽
责任技编：何雅涛
出版发行：中山大学出版社
电　　话：编辑部 020－84111996，84113349，84111997，84110779
　　　　　发行部 020－84111998，84111981，84111160
地　　址：广州市新港西路 135 号
邮　　编：510275　　传　　真：020－84036565
网　　址：http：//www.zsup.com.cn　E-mail：zdcbs@mail.sysu.edu.cn
印 刷 者：广东省农垦总局印刷厂
规　　格：889mm×1194mm　1/32　8.5 印张　200 千字
版次印次：2016 年 7 月第 1 版　2018 年 3 月第 2 次印刷
定　　价：28.00 元

谨以此书献给
王虹老师

生命可止
爱不能息

# 目　　录

# 她·我

## 她：一位有趣的老太太

王虹，1946 年生于天津，2015 年 10 月卒于广州。一生从事教育事业，在语文教学方面卓有成就。

## 我：一个闲着的中年女子

欧燕华，1975 年生，土生土长广东人，先后从事编辑、行政工作。2012 年 12 月，裸辞高校公职。

# 我　们

**相识：**1997年，王虹老师和我因书结缘。她是丛书主编，我是编辑菜鸟。

**交往：**1997—2000年，我们合作出版了多种图书，收到良好的社会效益和经济效益。

**失联：**2001年，随着她退休，我的工作调整，我们逐渐失去联络，十多年再无联系。

**机缘：**2014年12月，因某培训班，我巧遇王老师同校同事，闲聊中喜悉他亦认识王老师，便托他帮忙打听王老师的联系方式。

**续联：**2014年12月31日，在王老师同事的热心帮忙下，我拿到王老师的手机号码，拨通……。我们得以重续前缘，相约元旦后相聚。

**重聚：**2015年1月12日，王老师、另外两位老师、我、我先生，五人在广州天河区一家酒楼重聚。

**拜访：**重聚两个星期后，我和先生第一次到王老师家拜访。之后，我多次单独拜访王老师，在家或在医院。

**离别：**2015年10月13日，王老师在医院辞世。

# 我们的对话

从重聚到王老师离开，刚好九个月。第一次重聚后，王老师发来短信：今天真高兴，有缘来相聚。往后常联系，听汝神仙曲。“常联系”——成了我们九个月的写照。

九个月，二十次拜访。

相聚地点：王老师家或附近医院。

交通线路：B9 路公交车。

见面时间：早上九点半——十一点半。

两个闲人，凑一起，闲聊人生，天南地北，喜怒哀乐。她笑我是“异类”，我戏称她“俗人”。她说喜欢听我天马行空的故事，还有那不靠谱的思维模式——那是在她充满理性的世界里不可能出现的，就像在看有趣的奇幻小说；我更爱聆听她丰富的人生经历，还有对生命的深刻领悟——那是我年轻灵魂远未能到达的高度，就像在读波澜壮阔的长篇史诗。

我们的聊天都是漫谈式的，从家长里短到朋友工作，从疾病死亡到信仰精神，不一而足。每次聊天都没有特别的主题——我们似乎只是要见见面聊聊天！但每次聊完，我却发现，我们都聊着某个主题。仿佛有一根看不到的线，把一切紧密地系在一起。

每次聊天都是那么愉悦。我兴致勃勃，充满期待，以致常常忘却我面对的是一个绝症病人，直至最后一次见面——因为身体极度虚弱，王老师已不怎么说话。九个月来第一次，也是最后一次，我们再不能像往常那样畅谈。

我把九个月的对话记录下来，以志纪念。根据内容，把对话分为不同的主题——这主要是贯彻王老师的写作精神。她做了一辈子的语文老师，著述甚多，有着极高的文学素养。我曾给她介绍一套外国译著，那书每章每节都没有标题，她非常不习惯——“章节还是要有标题的”，她跟我说。

为了贯彻她的精神，也让她放心——我这学生是用心装载她的教导的，所以我把内容进行了一定的归纳分类，并加上小标题。但不管如何分类，由于很多内容是交错穿插的，涉及不同时间不同见面，不见得都是主题明确清晰的——因为它仅仅是一个对话记录而已。

以下对话，“王”代表王虹老师，“O”代表我（小O是王老师对我的笔用专称，故此处沿用）。

# 关于读书

王老师喜欢书，一辈子都和书打交道——读书、编书、写书。她说，书是她今生唯一的嗜好。王老师和我因书结缘，书是我们对话中最经常出现的话题。我们聊着书里的故事，分享心得感悟，互相推荐喜欢的图书，从开始到结束，从未停止。

生病之后，王老师不能外出，但只要身体状况允许，她就读书、上网或者写东西。退休后，她一直坚持编著图书，为此还自学各种电脑软件。家里电脑、扫描仪、打印机等设备一应俱全。说起电脑来，她头头是道，比我强多了。

## 哪里都是书：最大的爱好

（2015年1月，我和先生第一次到王老师家拜访。我们最大的感受，就是哪里都是书——客厅、书房、卧室，到处都是书和书柜。）

O：你们家的书真多呀！

王：嗯，我平常没什么消遣，读书是最大的爱好了，可能是从小受父母的影响。前几年我父亲去世，家里人要处理他的藏书。我舍不得，收拾了好几箱，从天津托运回广州。

O：从天津托运回来！您也够能折腾的！

王：舍不得呀！都是老人家的宝贝呢，当废品卖了，太可惜！

O：那倒是，很多老书现在市面上都不好找了呢！

王：不过现在买书倒是很方便，上网一点，第二天就送到家了。

O：哟，您现在都从网上买书了？

王：嗯，现在身体不行了，出门也不方便，都在网上买。我每月给自己买一两本喜欢的书，就当给自己的奖励！

O：哈哈，自我嘉奖，挺好的。

王：读书是我这辈子唯一的嗜好。

## 前世今生：爱的轮回

（我看到书柜里有本《前世今生》，把它抽了出来。）

王：这本书是讲灵魂转世的。

O：灵魂转世？是佛教说的生死轮回吗？

王：差不多吧！不过这书不是讲佛教的，是一个美国医生的行医经历。

O：哦，他遇到灵异事件啦？

王：他是心理医生，有时给病人做催眠治疗。在一次给病人进行催眠的时候，他发现病人回忆到的是前世的事情。

O：啊，催眠不一般都是回到童年什么的吗?!

王：对，他开始也这样想，所以无论如何都不能相信呀！但是后来随着治疗的推进，这个病人回忆了更多的前世情景。关键是，病人的身体和精神状况，随着这治疗显著改善了。之前病人已经进行了一两年的传统治疗，都没什么效果。这让医生，也就是作者啦，非常纠结。

O：他不相信轮回转世。

王：嗯，开始肯定不相信呀，这个很好理解。

O：要我们一般人，也很难相信。

王：更何况他是医生，一直是接受西方现代医学的学习和训练。轮回的概念，在他学习和从医的经历中压根没有出现过。

O：现代医学讲理论依据，讲证据，科学、唯物的证据。

王：但事实胜于雄辩！在催眠过程中，那个病人非常清晰地告诉了他好多细节，还带来了很多信息。特别是医生自己的一些隐私——病人在清醒的时候，是无论如何都不可能知道的——譬如他有个儿子，多年前出生不久就夭折了。

O：一定要证明到这医生完全相信为止。

王：是，他不得不重新审视轮回这个概念，到最终相信。从那时候开始，应该是上世纪八十年代吧，他开始通过催眠病人回到前世——偶尔还会有后世——治疗病人精神或身体上的一些疾病。这催眠疗法，在美国乃至全世界，都引起了很大的反响，当然也有很多争议。

O：挺有意思，我借来看看。

王：随便借。

## 从形而下到形而上

O：您平常都看什么书呢？

王：杂七杂八的，文学、传记、随笔、小说，都看。两年前刚查出癌症那段时间，就拼命看跟癌症相关的书，怎么与癌症战斗、癌症病人吃什么、癌症救命疗法……很多，都是抗癌的书，总觉得可以从里面找到什么特别的办法，跟癌症做斗争。现在回想起来，应该是当时心里很惶恐吧，所以要拼命找些“同盟军”。

O：现在不看了？

王：没看挺久了。两年前做完手术，后来去看中医调理。医生说，不要老想着跟癌细胞斗个你死我活的。因为癌细胞其实每个人身上都有，很多都只是沉睡着，只不过在你身上，它们醒过来的比较多。要学会与癌细胞和平共处，而不是你死我活——因为不可能。

O：这改变了您看待癌症的态度。

王：是，换了一个角度。

O：从你死我活到和平共处。

王：以前总想着做斗争，现在坦然些了。身体不见得真好了多少，但感觉心里舒服了些。

O：因为不用老想着怎么做个斗士，没那么累。

王：嗯，后来就不怎么看抗癌的书了。开始思考生命的意义，看一些关于人生、灵魂、死亡，还有宗教、信仰的。

O：呵呵，从形而下转向形而上了。

王：精神有寄托很重要。

## 我俩的故事：平如美棠

[沙发边上放了本《我俩的故事——平如美棠》，装帧很别致，先生拿起来翻看（以下以“李”代称我先生）。]

王：这本书是讲一对平凡老夫妻的一生的。

李：哦，老人叫饶平如，老太太叫毛美棠。

王：对，这书名有双重寓意，既是他俩名字的合体，也寓意着人生像海棠花一样，平凡而美丽。

O：挺美的书名。

李：里面还是图文并茂的呢！

王：以画为主。零八年（按：对话中讲到年代、数字等时保留口语表达方式）老太太去世，老头子很伤心，没什么可以排遣的，就决定画下他俩的故事。他自己也快九十岁了。

O：他是画家？

王：不是，他压根没学过画。

李：但这画看上去，还有点像丰子恺的画风呢！

王：呵呵，你说对了！他就是喜爱丰子恺，很多画都是临摹来的。他说，临摹仿写，也许谈不上技艺，是情动于中，无可奈何而已。

李：画了很多的生活片段。

王：嗯，我喜欢他画里的情景，都是些平常得不能再平常的生活场景，一幅接一幅。像他第一次见到妻子呀，一家人吃年夜饭呀，打牌呀，谁坐什么位置，还都标得清清楚楚的。都是很普通的生活，但看了，就觉得特别感动。

O：平凡的东西最能打动人。

王：是的。我记得柴静写的序里，记录了对老人家的采访。老人家说："古人有种说法，'多情应笑我，早生华发'，情重的人头发容易白吧，所以我头发白了这么多。"柴静问："您已经九十岁了。难道这么长时间，没有把这个东西磨平了，磨淡了？""磨平？怎么讲能磨得平呢？爱这个世界可以是很久的，这个是永远的事情。"我喜欢这句话：爱这个世界可以是很久的，是永远的事情。

## 四书五经中的情谊

[第一次拜访临别，王老师要送我们一本书：《四书五经语录》（党政干部诵读本）。]

O：啊，这书的对象可是党政领导干部呀！我们俩可都不是哦，您别送错对象，浪费了！

王：呵呵，学习内容，不要拘泥于表面形式。嗯，我认识这套书的主编，出版后他给我寄来了几套。我认真读了，他们很用心编写，内容和注释都做得非常不错。

O：诚意之作。既然是这样，我们就恭敬不如从命了，谢谢王老师。

王：我和这主编也是因书结缘。

O：真的?!

王：嗯，他夫人也患了癌症，好些年了。

O：现在情况怎么样?

王：人还在，但也不太乐观。他们在北京，也是奔波治疗。这位朋友退休之后，一直坚持工作，因为治疗费用很高，经济上也有压力，很不容易。

O：他多大年纪了?

王：跟我同年的，马上就七十了。我们经常通电话，交流一下治疗情况，试了什么新药，医院又推出什么新的疗法呀，也聊聊书，互相安慰，互相支持。只要有新书出，他都会给我寄过来。

O：精神慰藉很重要。

王：嗯……不过我们还从来没有见过面!

O：啊，从来没见过面？神交的挚友！

王：是。他们在北京，夫人身体状况也不允许，很难长途外出了；以我目前的情况，估计也去不了北京看望他们了。

（言语间，王老师透出了无奈和惆怅。）

## 与神对话：那愤怒的老鸟

（再次去拜访王老师，我带去了《与神对话》*Conversations with God* 系列图书的中文版，共三本。）

王：《与神对话》？是泛神的，还是某个宗教的神？

O：泛神的。

王：哦，那还可以。

O：您上次不是说现在主要看些精神、人生方面的书么，所以我就带几本过来呗！

王：光看这书名，以为是哪个宗教的。如果专门讲某个宗教的神，我可就不看了，看不来。

O：这书没有什么宗教意味。作者曾经在工作、生活上都非常不如意，有一次愤怒地在纸上写下一连串问题，质问神，为什么他的生活一团糟。

王：向神问答案来了！

O：哈哈，对，像一只愤怒的老鸟！但出乎意料，写完问题后，他的手还在不受控制地写着东西。他仔细看，发现那竟然是对他所提问题的回答！于是，他通过这种纸上问答的方式，提出了很多人生问题，还有社会的、宇宙的问题，也得到了相应的回答。后来就成了这几本书，所以叫《与神对话》。

王：笔谈——听着有点神异！

O：呵呵，神不神异对我不重要，作者是不是真的通过这种笔谈方式获得答案，我也不关心。我就觉得它们是几本关于人生思考的书，提出的问题涉及生命的方方面面，有大有小。您不是说图书形式不重要，重要的是里面传达的信息嘛！

王：（边翻书边说）哟，这是繁体字竖排的呢！不是大陆出版的？！

O：不是。我最初遇到这书，是十多年前了，当时还在出版社工作。一个同事的朋友，从美国带回来这套书的第一册，说看能不能引进版权，翻译成中文。我不是学英文的嘛，就让我看看内容怎么样。

王：你们社想引进版权？

O：刚开始可能有这想法，但后来这事就不了了之了。不过我第一次读这书，就被里面的内容吸引了，觉得很受启发。

王：你跟这书有缘！人找书，书也找人呢！

O：可能吧！九十年代还很难买到新出的英文原版书，更没有什么网购海淘的，于是我就把整本书复印了。过了好几年，有位朋友移居美国，我才请她帮忙买了全套的原版书。

王：但这是中文版的。

O：这是大概十年前，我到香港出差，逛书店的时候一眼发现的——可能像您说的，和这书有缘。它是台湾出的中文译本。

王：哦，怪不得是繁体字竖排的呢！

O：呵呵，十年前，这一本就要港币快一百块了。

王：三本就是三百块了！放在现在也不便宜。

O：是呀！当时看到了就爱不释手，压根没看价格，到结账的时候，发现还挺贵的呢！哈哈，小小地心疼了一下！

王：呵呵，你也是个爱书痴书的人！

O：嗯，主要那时候大陆还没引进这书呢。听说前几年也引进了，不过我没太留意。这繁体字竖排的，您能看习惯么？

王：还行，我们这辈人看繁体字还是没什么问题的。具体都讲些什么呢？

O：第一本是关于个体人生的很多问题，人生的方方面面，教育、婚姻、家庭、工作、生老病死，还有性、人际关系，等等，反正涵盖面挺广的；第二本是关于世界的问题，比较大一些；第三本是关于宇宙的终极问题。

王：你都读过了？

O：嗯，中英文都读过了，还不止一次。

王：这书值得你反复读，看来很有收获！

O：是，因为它以对话形式呈现，轻松愉快，深入浅出。我读这书的间距很长，有时候是隔了好几年，再拿出来重读。每次读完都有不同的收获，不同的感受。

王：因为自己也在不断成长，阅历不一样了。即便读同一本书，不同时间也会有不同感悟。

O：是。主要是在看待很多人生问题和社会现象方面，有了完全不同的角度，更开阔些。有时候读完一部分，就会觉得：哦，原来这个问题还可以这样看的！

王：启发了你的思考！

O：嗯，不再是非此即彼的人生态度，发现人生原来还有很多很多其他的可能，有了全新的看法！

王：看来获得了很多正能量。

O：哈哈，可以这样说。

## 与书相遇的缘分：阅读本就该是件愉快的事情

O：有个朋友跟我说，她也很喜欢读一些关于人生、精神灵性或信仰的书。但她先生很不支持，说老读这些书容易胡思乱想，还不如看些闲杂小说，或流行杂志。她也担心自己会走火入魔，问我的意见。

王：你怎么说？

O：主要还是看自己兴趣吧！没兴趣的书，摆在你面前估计你也不愿意看。

王：没有和书相遇的缘分。

O：嗯。我读书的目的就是为了愉悦身心，所以选择标准很简单。如果读一本书，让我心灵更安宁、更愉悦，心胸更开阔、更宽容，看到人生更多的美好，那我就继续读。

王：哈哈，勇敢地让它带你“走火入魔”！

O：对呀，这没什么好担心的！如果读一本书让我更恐惧、更焦虑、更没安全感，或完全没有读下去的兴趣，那我就会放下，不会继续读了。大概读个二三十页就有个基调了。

王：也有很多人读书是为了刺激，为了追求剧情，像悬疑、侦探，或武侠小说，或言情小说等等。每个人的兴趣不一样。

O：嗯，我是比较乐意看轻松愉快的。我知道自己这个选择标准很狭隘，也是导致我阅读面不够广的主要原因。

王：哈哈，没能博览群书！

O：哈哈，压根没有博览群书的潜质，这个我有自知之明！我读书速度向来很慢，都是一字一字看，不怎么会浏览。

王：你做编辑出身，读书速度应该很快呀！

O：误导，绝对的误导！做编辑对阅读速度没什么高要求。况且做编辑，不是得常常推敲文字么，还是慢工夫。

王：慢工出细活！

O：姑且算吧！我以前根本不相信什么一目十行的，直到遇见我先生——老天，我才知道原来有人读书速度真的可以这么快的！

王：哈哈，成偶像了！

O：呵呵，我自己鼠目寸光，就以为其他人都是鼠目了！

王：这么多年，你也没学会人家的一星半点?!

O：没有。嘻嘻，主要是自己也没有努力进取的心。

王：所以你读书基本是句句精读。

O：精读算不上，慢读绝对是。我想着，这世上有那么多书，以我这蜗牛速度，估计到入土了还读不到千万分之一呢。就光读让我身心愉悦的书，好几辈子都读不完呀！

王：哈哈，所以你读书也不为提高文学素养！

O：不敢高攀。文学素养这东西太难了，对于我太高大上。不是每个人都能像您那样，有能力、有天赋，修得这么高的文学素养的！我有自知之明，不敢好高骛远。愉悦身心呢，这点低端要求，我觉得自己还是有能力把控的。所以，为了能这辈子在书的海洋里游得畅快些，还是挑些让自己愉悦的书吧！

王：嗯，关键是找到自己感兴趣的书就好。阅读本身就应该是一件愉快的事情！

O：完全同意。

## 直觉与养神

（过了两个多月，王老师把《与神对话》三本书还给我。）

王：先把这三本书还你了。

O：哇，这么快您就看完了?!

王：没有，只看了第一本的部分内容。确实有很多关于人生的不同看法，很有启发性……不过，我现在精神不行了，看着看着，很容易就觉得累了。

O：哦，太耗神了。真不好意思，王老师，我没想到这书会让您看得这么累。

王：不关书的事。这是好书，只是我现在身体不行了，精力也不济了。做了化疗，整个人跟散了架似的，浑身没有力气。哎，连看书的力气都没了！

O：……

王：另外两本估计我也读不了了，所以就一起都还你了。

O：好。

王：还有个问题，这书跟咱们平常看的不一样。它是对话漫谈式的，每个章节虽然有一定主线，但都没个标题什么的，还得自己看了提炼主题，所以觉得看着有点累。

O：哈哈，您真是语文老师，职业习惯——啥都要求提炼中心思想！

王：章节还是要有标题的，方便阅读。不过，虽然只读了一点内容，也有些收获。

O：太好了，啥收获？

王：其中印象最深的就是关于直觉。嗯，我记得你跟我说过，你很相信直觉？

O：是的。

王：跟读这书也有很大关系吧?!

O：对。

王：我之前跟你说过，我从来不认为自己有什么直觉。

O：嗯，您之前说过。

王：现在我也开始留心观察自己的感受，发现自己也还是有些小直觉的呢！

O：是吧，我就说大家都有的，只是您以前不留意而已。

王：嗯。我想起来，有一次我在外面散步，刚下过雨。在小路上，我看到一棵小苗横在路上，蔫蔫的。我只看了它一眼，当时就觉得它好像躺在那里，正等着我去救它呢！我立马把它捡回家，找了个花盆把它栽起来。没想到过两天，它居然活过来了，你看现在还长得挺好的呢！（王老师指着阳台上的一盆绿色植物。）

O：确实长得挺好的，叫什么名字呀？

王：我也不知道，就叫它“不名”吧！我在想，其实当时就是凭直觉把它捡回家的。

O：嗯，如果仔细想想，您可能就不捡了。

王：就是，肯定会想，又不是啥名贵品种，不就是路上一棵草嘛，捡回来干什么呀?!

O：所以您看，您不是没有直觉，只是不觉得那是直觉而已。

王：嗯……后来我又想，其实能跟随直觉也挺好的。

O：哟，这么快就有感觉了？

王：这样就不用老是费心劳力地想呀想！左平衡右掂量的，太耗神了！

O：哈哈，您这是拐着弯说我懒，不爱动脑筋思考吧！

王：哈哈，你领悟得也太快！不过我说的是亲身体会。生病后，中医老说要养神，要养精蓄“神”，开始不理解。

O：觉得自己都老在家躺着了，还不是养吗?!

王：是呀，可老躺家里最多只能算养身，还不能算养神。

O：怎么才算养神呢？

王：后来慢慢体会到了。其实很多事让人费力，更多事情让人耗神。你总在那里不停地想这想那的，特别是生气、焦虑、恐惧，这些负面的情绪，更是让人耗神。

O：思虑过多耗神！

王：对。身体好的时候不会觉得，因为还有足够的精力给你消耗，觉得自己有使不完的劲。现在身体不行了，才深切体会到，什么是“精神不济”。

O：不生气、不焦虑、不瞎操心，本身就是养神了。

王：是的，淡然生活。养神不是要吃什么十全大补药，而是从自己生活的方方面面、点点滴滴去养。让自己身心更愉悦，才是真正的养。

## 刘道玉：拓荒与呐喊

（4月初，我去看望王老师，告诉她我之前去了趟武汉。）

王：你去武汉赏樱花了？

O：是，不过那是副产品。

王：副产品？

O：是去武汉大学拜访一位老教授，顺便赏了樱花。

王：你还认识武大的教授？

O：呵呵，像您说的，因书结缘。

王：哦？

O：我去拜访刘道玉教授。您听说过他吗？

王：刘道玉！听说过，好像八十年代的时候在全国还挺有名的，当时是武大校长吧？具体情况不清楚，只听说过。

O：嗯，就是他。八一年被任命为武大校长，新中国自己培养的第一位校长，四十八岁，也是当时最年轻的部属大学校长；八八年被免职。他是八十年代教育改革的先锋人物，也是恢复全国高考的主要推手之一。

王：确实是个人物。你怎么会认识他的呢？

O：我有一段时间在读蔡元培先生的著作。今年元旦的时候，我先生从图书馆借回一本书，叫《拓荒与呐喊》。他跟我说，这位老先生被誉为“武大蔡元培”，时间离咱近点，说不定你能从中有所收获！

王：《拓荒与呐喊》？

O：嗯，是刘老师的自传体著作。结合自己几十年在中国教育界的亲身经历，对我国现代高等教育和改革进行了深刻的思考，提出了很多具有创造性的观点。

王：你很受启发？

O：毕竟我也在大学工作了十多年，他谈到高校的很多问题，我都有切身体会。

王：有很多的共鸣。

O：是，我读他的书，很受他的精神感动，可以说是震撼。因为他不是个完人——有突出的优点，也有明显的不足。他的人生也不是一帆风顺，应该说很坎坷。他青年得志，赴俄留学，却因两国政治遭遇遣返；成为最年轻的校长，又在毫无准备的情况下遭遇免职。他谢绝官场，退休创业，与人合作创办学校，事业蒸蒸日上之时，投资人又卷款跑了，他要收拾残局。

王：真是挺坎坷的！

O：经历了那么多坎坷，他却从来没低过头，依然笔耕不辍。不管遭受什么打击，他都没有停止过对我国教育改革的思考和建言。我边读他的书边想，这个人得有多么强大的内心和意志力啊，在经历这么多风风雨雨后，依然能昂首挺立！

王：很受他的精神鼓舞！

O：是的，非常感动和鼓舞。因为从他的书里，我看到了一个真正具有精神的人，一个纯粹的人！

王：所以你就想跟他联系？

O：开始我只是想表达对他的敬意。因为他是个实实在在的人呀，不是个虚构人物，也不是历史人物，就是同时代的人，实在太难得了！

王：给你做了活榜样。

O：活榜样很重要，让我觉得他不仅仅是书上的人物，还是真实的人物。所以，看完书，我就写了封信寄给他。

王：你知道他的地址？

O：哈哈，不知道，我就寄到武汉大学。我想他作为老校长，好歹校办或收发室的人会知道吧！也不知道他还住不住在武大，反正就这样寄过去了。

王：他回信了？

O：呵呵，没有，但一个月后，他给我打来电话了！因为我在信里留了联系方式。

王：一个月后？

O：因为我是春节前寄的信，学校放假了，等开学才收发。哇，我接到电话那一刻，简直不敢相信自己的耳朵！

王：像中了彩票大奖一样！

O：对，而且是头彩！兴奋得都语无伦次了！放下电话，我想，不行，我要去拜访这位老人家，所以就给他发短信联系了。

王：老人家同意了？

O：刘老师很好，非常细心，问我有没有看过武大樱花。我以前去过两次武大，但都不是樱花开的时候。

王：所以刘老先生就让你在樱花开的时候过去。

O：是，那时已经是三月初，刘老师跟我说樱花在春分前后开，还有半个月。我们就约定，春分之日我去武汉看他。

王：所以你这次去，人和樱花都见到了?!

O：哈哈，完全正确，都见到了！

王：你和刘老师的会面还顺利吧，跟你预期比较如何？

O：非常顺利，一见如故。呵呵，您知道，我没什么预期的，顺其自然。事实证明，拜访刘老师，我的收获很大。

王：老人家身体还好？

O：还可以，但是十多年前中风，落下了些后遗症。像右手不能自如活动，不能写字什么的，要用左手；右耳也失聪了，要戴助听器。

王：哦。

O：不过精神很好。一个睿智的老人，思维非常敏捷，完全不像八十多岁，脑子转得超快，像二十多岁的年轻人，我有时都跟不上。他一直关注社会发展动态，特别是中国高等教育改革，有很多深刻而尖锐的思考。

王：他是改革型的人物。

O：嗯，所以也备受争议。

王：改革总是不容易的。

O：他一直倡导创造教育，不只是停留在口头上，更多体现在实践上。

王：改革实践有成功有失败，也很容易得罪人。

O：确实如此，所以他的处境很不容易。我特别为他的精神感动——勇于改革和创造实践的精神。他有一颗奉献教育的纯粹的心，不为名利，不为个人私欲。

王：因为纯粹，所以敢言。

O：因为敢言，所以得罪人。而且不仅仅是得罪人，有时甚至是一些政策和制度。

王：社会需要这样的人，才能发展和进步。

O：他跟我说，燕华，你要记住，别人能拿走的东西，都不是你的。房子、车子、金钱、官职、待遇等等这些，都不是你的。别人要拿走，就让他们拿走好了。只有别人拿不走的东西才是你自己的——你的精神和思想。

王：八十多年人生经历的肺腑之言。

O：是。我很感激刘老师的教诲，要时时提醒自己。他还送了我一本书——《大学的名片》。

王：《大学的名片》？

O：他的一本随笔集，记录一些武大师生的成长成才经历，还有和他交往的故事。挺有意思的，下次我给您带来。

王：把他那本《拓荒与呐喊》也一起带过来吧！我也想看看这位斗士。

O：好。

## “被打劫”的台湾善缘

（5月，王老师再次住院。期间，我在网上看到一本名为《中风阿公的精彩人生提案》的书，第一感觉就是要买给王老师。但细看一下，原来是台湾版的书，大陆并没有销售，外购大概要一两个月。我便给台湾的朋友写邮件，请她帮忙购买。朋友非常热心，很快寄了过来。我说书款以后见面给，朋友说不用了，这书就当她和王老师的结缘品吧！我收到书，连着信封，给王老师带过去。王老师非常开心，拿着信封左看右瞧。）

王：哟，你看，这信封上还印着“两岸邮政小包”呢——“小包”，真亲切！

O：哈哈，好甜腻呀，典型的“台湾软语”！

王：你朋友的字很潇洒。

O：她是中文博士，在我们学校读的。

王：怪不得你们认识！我还从来没收到过台湾寄来的包裹呢！这邮政小包的信封我也得留着。

O：啊，您也太“贪心”了！哈哈，我本来只是带来给您看看，表明确实是从台湾寄来的，还打算把这信封回收呢！

王：不行不行，我要一起留着。不仅仅是信封，还有信封承载的情谊！

O：好吧，您就留着啦！台湾朋友说，这书就当她跟您的结缘品，希望您早日康复。

王：谢谢你朋友，她太有心了！早日康复是不敢指望了，不过希望能心情舒畅些，把剩下的日子过好，不要累人！

O：您别说这丧气话！

王：不是丧气话，是实话。

O：……

（过了些天，我再去看她。）

O：您看那本书了么，我买之前可没看过。当时就是凭直觉给您买的，也不知道合不合适。

王：很好的书。不过还没读完，就被人“打劫”走啦！

O：啊，还有人“打劫”您的书呀？

王：就是！周末有位亲戚过来，看到这本书，就一定要借去。他爸也中风了，现在精神很颓废，都快抑郁了。他要认真读读，也让他爸学习学习，就把这书“打劫”走了！

O：原来是这样！这“劫”打得好呀，希望这书能对他们有些帮助。

王：相信会的。

O：美国作家莫利说过句话：当你给别人一本书，你不是给他十二盎司的纸、墨和胶水——你是给他一个全新的生活。

王：嗯，这话说得真好，一本好书确实能给人以希望和新生。能与书为友是人生一大幸事。

## “闪耀之光”读书会

（9月，我跟王老师说，准备在珠海的学院搞个读书会。）

王：哈哈，你头脑又开始发热了？

O：对，又头脑发热了！我想搞个小型读书会，推荐学生读些书，分享他们的感悟和思考。

王：嗯，读书会是很好的活动形式。我以前在学校就组织过读书会，全校规模的。定期举行活动，有老师推荐读物，也鼓励学生推荐自己喜欢的读物，反响很好。

O：您是专业级别的呀，我可是业余的！

王：那时候图书不像现在这么多，我们就举办图书交流活动，鼓励学生间分享图书。

O：现在书多，也容易买，但分享倒是少了！

王：确实是。我还鼓励学生写读书笔记和读后感，愿意给我看的，我也欢迎，给他们提出修改建议。不给老师看的，也没关系，对学生自己也是锻炼。大家收获都很大，不仅阅读面广了，写作水平提高了，学生的课余生活也更丰富了。

O：一举多得！

王：是，通过举办读书会，影响了学生学习和生活的方方面面。我想，如果一个学生能养成良好的阅读习惯，对他的一生都会有积极影响。

（后续：10月14日，王老师离开后的第二天，Shining Light English Reading Group——“闪耀之光”英语读书会如期在珠海举行。虽然内心非常伤痛，但我想，能把王老师的读书精神传承，她定是欣慰的。）

# 关于家庭

王老师在天津出生长大，在北京读大学，毕业后又回天津工作，人到中年才随夫南下广州。

## 津门邵氏百年史略

（第一次拜访王老师，就看到了一本自编书《津门邵氏百年史略——恩荣家系》。）

O：《津门邵氏百年史略——恩荣家系》？

王：这是我母亲家族的族谱。

O：你们自己编的？

王：嗯，我退休后就琢磨，一个家族的家风对人的成长太重要了。

O：很多普通家庭，可能并不觉得自己家族有什么家风！

王：其实都会有，明显或不明显，都有传承。长辈的言传身教，对后辈就是一种传承，而且家族的关系对人也有影响。我父亲的家族联系没有那么紧密，但我母亲的家族关系就非常密切，互相影响也挺大的。所以，我就琢磨，是不是可以给我们这个普通家庭编个族谱呢。

O：呵呵，您是行动派——琢磨琢磨着就开始干了。

王：嗯，当时几个舅舅都还在，也很支持。

O：肯定支持嘛，难得有人这么有心，还有行动！

王：我要先厘清脉络，然后收集资料。刚开始认为不会太复杂，不就是把关系和各人的情况写清楚嘛！但真正做起来，比预想的要复杂得多，因为像我们这一代，已经散落在全国各地，到我们的儿孙辈，就开始散落在世界各地了。

O：所以材料收集起来就有点费劲了。

王：不过现在通讯发达，有手机有网络，不管在哪，联系起来倒也方便，但还是很耗时间和精神。

O：因为都很琐碎，得一家一家一人一人地确认。

王：是。因为是族谱，你得保证准确性，不确定的信息得逐一核实，有时候还会实地跑。

O：所以编这族谱也是脑力加体力工作，还挺费劲的。

王：那是，但是收获也很大。因为编族谱，亲戚间的关系明显加强了。

O：可能有些都好久没联系了？

王：是，特别是散落各地的，好些亲戚都是多年没见面了；还有些隔了几代的晚辈，从来都没见过面，相互间也不认识。

O：这个很正常，隔个三四代的，又在不同城市，可能连国家都不一样，没什么机会见面接触呀！

王：就是这个情况！趁着我们这些老人还在，还能联系上。如果我们这一代不在了，就更谈不上联系了。

O：你们是桥梁！

王：嗯，就像一根线，把散落的珍珠串起来。

O：通过编族谱这条线，整个家族的联系得到了加强。

王：确实是这样。从族谱里，你不仅可以看到一个家族的发展、变迁，其实也是社会变迁的反映。

O：一个家族就是社会的一面小镜子。

王：是的。你看，我们祖辈基本都是在家乡，或者迁移到一个地方，就稳定下来，很少离乡别井的；到父辈开始往外走，但也走不太远；到我们这辈，全国东南西北很多地方都有了；到我们儿辈，开始有出国的了；到孙辈，出国的更多了，日本的、美国的，还有欧洲的。

O：见证这一百多年来，中国社会从闭关锁国到改革开放的历程。

王：对，很多事情都是以小见大。不管社会有多大，都是由一个个小家庭组成的。而且，因为编这族谱，我还听了很多家族成员的故事，自己也有很大的收获。

O：不仅仅是厘清了家族血缘关系！

王：等我把这个族谱编得差不多了，发现还有好多素材没能放上去呢，因为族谱主要是家族发展脉络，要清晰简明。

O：呵呵，不是故事集，不能把花边都加上去了，显得太不专业。

王：是呀，但仅仅看族谱，只能看到家族发展概况，还看不到家风的传承。家风是在家庭生活的点点滴滴中体现的。我觉得那些生活中的小故事特别有趣、有意义，就这样舍弃了太可惜！

O：沧海遗珠！

王：是，很遗憾。所以我又有了个想法：把这些小珠子另外串起来。我把自己知道的一些故事写下来，又邀请各家亲戚写些文章随笔，另外编一本小集子。（王老师边说，边从其中一个书柜抽了另一本自编书出来。）

O：哈哈，您太能发挥所长了，佩服佩服！（我接过书翻看。）好有意思呀，都是各自家里的小故事。哈哈，比看族谱有趣多了！

王：嗯，从小故事里可以看到更真切的人生。

O：太好了！所以其实您是编了两本书，一本正式族谱，一本家族故事。

王：不止呢，还有一本。

O：还有一本？

王：这本是照片集。（王老师又拿出另一本书。）

O：哦，是各个时期各个家庭的照片！

王：嗯，看照片也能看出时代发展。你们看，从照相馆的黑白照，到现在的数码照片，能看到科技的发展，物质的丰富，人们生活水平的提高。

O：太棒了！

王：这族谱后来还被国家图书馆收藏了呢！

O：真的？这么厉害！

（王老师找出国家图书馆颁发的证书给我们看。）

王：嗯，一个机缘，他们知道我们家这族谱后，觉得挺有意义，就把它作为私人家庭族谱收藏了。

O：看来您这族谱不仅对自己家族有现实意义，还有社会意义呢！

王：呵呵，纯属意外收获！

## 那些琐琐碎碎的日常生活

（5月，王老师大病一场住院，出院后，我到家里拜访。）

O：您刚出院，身体还这么虚弱，没请保姆么？

王：没有。大儿子在家，管着呢！

O：真不错，现在愿意伺候老人家的年轻人可不多呢！

王：他老宅在家里，他不管谁管呢！

O：他不过是技术宅男，每个人生活方式不一样。您就别老说他宅家里了。怎么都能过的！怪不得中医说您较真呢！

王：哎，较真！我就看不得一个年轻人老待在家里。

O：如果不是人家老待在家里，还不得雇人照顾您呀！现在能干又靠得住的保姆和钟点工，都很难请呢！

王：嗯，想想也确实是。我几次发病，也多亏他在家。

O：不是及时发现送院，指不定还有多严重的后果呢！

王：他也老说自己是“全职儿子”。

O：哈哈，“全职儿子”，很不容易！我这两年做了全职主妇，特别能够理解其中辛苦！

王：家庭对人确实很重要。特别是现在生病了，基本都是靠家人的照顾。朋友同事过来看看，精神交流一下，但是生活上点点滴滴的照顾，都得靠家人。所以我说，家庭和朋友，是生活中最重要的组成部分。

O：相辅相成。

王：嗯，光有一样，都觉得欠缺。光有朋友，不现实，你还得有这肉身要伺候呢；但光有家庭，也不完全。和家人很多交流，基本都是日常的吃喝拉撒，非常具体细致，精神交流倒少了。像我跟儿子一星期说的话，可能都没有跟你一次说的多。

O：呵呵，人家没时间嘛。我现在是闲人，有的就是时间，不存在可比性！

王：也不完全是因为没时间。有时候是关系太近了，朝夕共处，反倒觉得思想交流起来有点怪怪的。

O：完全同意！哈哈，我要是跟我妈说，咱们来聊聊理想，聊聊人生吧！我妈肯定会觉得我病了——而且是大病，要不就是受了啥重大刺激！

王：哈哈，真是这情况！我现在病了，儿子负责买菜，一般都是问今天想吃什么呀，比昨天感觉好些没有，或者该煎药了，该吃药了，该上网排专家号了！

O：都是一些最实际的生活问题！

王：是呀，最基本的生存问题。

O：生活本来就是这些琐琐碎碎的事情组成的。

王：家庭就是要面对这些琐琐碎碎的事情。所以说家人的关爱很重要。特别是住院的时候，俩儿子日夜轮流守护，也真够辛苦的了。没有他们，我想这两年多自己也熬不过来。

O：儿子们那么孝顺，您可要知足呀！

王：是，俩儿子都很孝顺。

## 养儿方知父母恩

（5月大病，王老师身体每况愈下，我拜访她的次数开始增加至每周一次。因为不能招呼我吃饭，她总是很纠结我去哪里解决午饭问题。她的细致关心让我非常感动。）

王：你今天是去吃兰州拉面，还是桂林米粉？

O：这回您都猜错了，我今天去吃饭！

王：面和米粉也是饭！

O：今天约了我小堂姐，到她家吃饭。她家就在这马路对面，十字路口邮储旁边那栋楼。您放心啦！

王：你小堂姐？之前没听你说起过呀！你该不是为了让我安心，安慰我的吧？

O：哈哈，不是啦！我虽不是出家人，也不打妄语！其实我也挺久没去堂姐家了，怕打扰他们。不过她现在也辞职了，赋闲在家，我刚好去蹭饭。她高兴得很呢！

王：嗯，不要骗我就好！

O：哎呀，我还懒得编个谎来骗您呢！您就别操心了，中医不是说操心耗神吗，要养精蓄“神”！

王：你们家族兄弟姐妹多吗？

O：挺多的，叔伯兄弟九个。我排行老幺，就是老九啦——上面两个亲哥，两个堂哥，四个堂姐。还有好些表兄弟姐妹。

王：挺热闹。

O：那时候的家庭，孩子都挺多的吧！

王：所以你从小都不孤单，还是老幺，很受宠吧！

O：不孤单。从我记事起，就觉得家里怎么哪都是人呀——要找个没人的地方都不容易呢！受宠嘛，还行，毕竟是老小嘛，哥哥姐姐都让着。哈哈，可能也是有恃无恐，惯出不少的任性。

王：哈哈，所以现在也是“为所欲为”，说裸辞就裸辞了！人的性格养成跟成长环境关系很大。

O：嗯，非常大。

王：你的环境也锻炼了你与人交往的能力。

O：小时候不知道这些。就记得读一年级的时候，在学校被人欺负，两个哥哥去找人家算账。那男孩再没敢欺负我，还跟人家说，她是有哥哥的。

王：哈哈，有靠山的。

O：呵呵，有点仗势。长大后回头看，才觉得这种大家庭的环境，虽然很嘈杂，还会有矛盾、争吵，但对人确实是很大的锻炼。

王：因为要跟不同的人打交道。

O：是，同辈的长辈的，不知不觉中，自己要面对各种关系。小时候会觉得父母唠唠叨叨，很烦。到自己当妈了，才知道做父母有多么不容易。

王：养儿方知父母恩。

O：是的，没有亲身经历，的确很难设身处地为别人着想。

王：家庭环境对孩子心智的养成很重要。

O：现在回头看，觉得父母给了我很大的自由和信任，对我成长很重要。

王：你父母很少管你？

O：那时候孩子多，父母还要工作，哪里管得过来呢！读中学的时候，我有个习惯，吃了晚饭就犯困，要睡觉。睡到十一二点才爬起来，做几个小时作业，天亮前再睡一会儿。

王：你父母也同意？

O：他们鼓励我呢，困了就该睡觉嘛，要不学习效率也不高！呵呵，他们就负责在自己睡觉前把我叫起来！

王：你父母很开通！

O：是呀，现在回想起来，觉得他们怎么能那么开通呢！但当时没觉得，因为我从来都是爱干啥干啥的！现在当妈了，我问自己，如果我儿子要干这事，我能同意吗？

王：哈哈，不见得，因为是典型的“不良作息习惯”！

O：是呀，真是考量家长内心承受力的！

王：你父母对你是无条件的信任和支持。

O：是。不管我考多少分，好像从来没挨过父母的责骂。

王：因为你的成绩一直很好嘛！

O：没有。我是严重偏科，历史地理很差，却又选了文科。高三第一次考地理就考了四十六分，自己都觉得是耻辱呀！但父母从来没有责骂我，只是鼓励我，每次考试都进步一点就好。最后到高考前，也进步到七八十分了。

王：不至于拖总分后腿。

O：是的，不过历史到高考都还是很差。我有时很奇怪，父母对我的信心，也不知道从哪里来的，反正他们总是很相信我。

王：信任很重要。

O：非常重要！所以特别感激他们，从来没有给我设定什么框框，让我可以自由选择，自由发展。

## 自我担当：对自己的选择负责

王：你辞职父母也很支持？

O：哈哈，那倒没有，他们还没开通到这份上！跟您一样，父母总是担心孩子没饭吃嘛！我是辞完才告诉他们的。

王：之前没征询他们的意见？

O：埋了点伏笔，做了些铺垫，但没有正式征询过。一征询，肯定没法辞了，估计家里早闹个鸡犬不宁了。

王：所以你是先斩后奏的！

O：是。知道我辞职后，我妈一星期都没睡好觉，之后只能接受事实了；我爸嘴上不说，肯定是难以释怀的，更何况他还有焦虑症呢！

王：可以理解。放着好好的工作不干，裸辞回家，我们这辈人是很难接受的。

O：嗯，想法不一样。我从十七岁离家上学，工作、结婚、买房子，都是自己拿主意。我会告诉父母，但不会盲目听从他们的意见，决定都是自己拿的。

王：很独立！

O：想法上，还有经济上，我一直都是很独立的。

王：不啃老！

O：哈哈，不能啃老！如果是啃老，经济上还得依赖父母，自然只能听他们的意见了！

王：没有经济基础，没有话语权。

O：俗话不是说，吃人嘴短嘛！我想，自己比较独立，一来是环境逼的，因为毕竟离开了家，父母不在身边，很多具体情况他们也不清楚，不可能总帮你拿主意；二来我觉得作为成年人，只要你自己愿意承担选择带来的后果，就可以自由选择。

王：做负责任的选择，承担后果。

O：是呀，因为这是你自己的人生嘛！除了你自己，谁也不能负责任呀！现在很多年轻人说择偶、找工作、选房子，什么都需要父母决定，我觉得挺奇怪的。

王：搞不清楚到底是自己过日子，还是父母替你过日子！

O：对。都说听取、听取，但听和取其实是两回事。你可以听，听很多人的意见，但取不取这意见，怎么取，决定权都在你自己。我想一个人如果什么都只是听从父母的，不见得有多孝顺。在很大程度上，可能也是因为自己不愿意承担责任吧！

王：怕以后出什么问题，要自己负责任。

O：这种所谓尊重父母意见，我觉得也是逃避自我责任的一种形式！

王：以后出什么问题，就可以说：当初就是你要我怎么样怎么样的……

O：嗯，怨天尤人，自己没有担当！

## 放手：家长要管住自己

王：孩子没有担当，跟从小的培养也有关系。

O：现在大多是独生子女家庭，家里除了父母，可能还有几个老人，或者保姆，对孩子都呵护备至。

王：过度呵护有时候也是一种伤害，剥夺了孩子学习接受挫折和经历失败的权利。家长要学会放手。

O：放手是件很不容易的事。

王：是呀，放手主要是对家长的考验，对家长内心的考验。像你父母对你，就是放手式的教育。

O：呵呵，那时候他们也没有条件不放手呀！

王：放手首先对孩子要信任。相信他能够应对困难，相信他能从困难中学习，能健康成长。等待孩子成长的过程，可能有些曲折，时间也会比较长。

O：考量父母的耐心。

王：更重要的，父母要管住自己。

O：这个很多家长都做不到。

王：是的，管住自己比管别人难多了！

O：人都喜欢管别人，不喜欢管自己。

王：你看一个孩子学习穿鞋，刚开始他很容易穿反，也一定穿得很慢。所以家长经常是直接帮孩子穿好，特别是要赶着出门或上学的时候。

O：呵呵，由于时间关系，帮你穿了吧，家长会这样说。孩子小的时候，我们也干过这事。

王：这是最简单的方法——按现在网络的话，就是简单粗暴。要让家长耐心等待孩子自己穿好鞋出门，还要保持愉悦心情，说起来很简单，但对很多家长，是件挺困难的事情。

O：哈哈，还挺痛苦！

王：即便让孩子自己穿鞋，家长也经常会在一旁数落：怎么这么慢呀，怎么这么笨呀，快点快点，要迟到了！

O：呵呵，这是送孩子上学前经常发生的一幕。但是如果不帮忙，可能就真会迟到了。

王：嗯，我们总爱用简单粗暴的方法解决问题。其实你帮他穿，和他自己穿，相差不到几分钟，甚至只是一两分钟的事。迟到不是主要原因。

O：很多家长会说，就是差这几分钟呀。

王：有很多办法可以解决这几分钟的问题。譬如前一天晚上提前点睡觉，提前十分钟起床。而且随着熟练程度的提高，孩子用的时间就会越来越短。退一步讲，即便是迟到了，被罚站了或是被批评了，也可以让孩子意识到迟到的后果，意识到要为自己的拖拉行为承担责任。这对孩子来说也是个成长的过程。

O：那您认为不应该帮孩子了？

王：不是应不应该的问题，而是怎么帮的问题。家长要管住自己，是说现在很多家长不是管得不够，而是管得太多。

O：手伸得太长了。

王：特别是在很多家庭，不但有爸爸妈妈，还有爷爷奶奶、外公外婆，或者保姆，生活上事无巨细都管得好好的。

O：是呀，好多孩子生活上都被照顾得无微不至。为了孩子，家长们付出了很多，牺牲了很多，不管时间，还是自由。

王：家长的爱可以理解。你认为这全是爱的表达方式？

O：难道不是么?!

王：只能说一部分是因为爱。更深层次的原因，是为了自己省事。

O：哇，您这么说，这当家长的肯定觉得太委屈了！我们为孩子做那么多事情，牺牲那么多，怎么能说我们是为了自己省事呢?!

王：呵呵，这观点肯定是讨骂的！但是，你仔细想想，是帮孩子穿好衣服鞋子，收拾好书包省事，还是等孩子自己穿，自己收拾省事？

O：嗯……确实是帮他都做好要省事些，因为他做得太慢了，也不见得能做好呀！反正让他自己做自己收拾，最后可能还得家长帮忙检查整理——还不如直接帮他弄好了省事！

王：你看，“还不如直接帮他弄好了省事”——这就是很多家长的想法和做法。等待孩子成长，需要足够的耐心和信心。这个品质很多家长都不具备，还不自知。

O：所以，帮孩子做好很多事情，其实是家长为了满足自己的需求?!

王：在某种程度上，你甚至可以说，家长做得越多，管得越多，其实越自私。

O：但是很多家长也会认为，这些生活小事他长大了自然就会了。现在只要把琴练好，把画画好，把学习成绩搞好。这些才是正事，生活小事可以忽略不计。

王：人的习惯、品格就是在生活的点点滴滴中养成的。“一室不扫何以扫天下！”特别是小孩子，他遇到的所有事情，在我们成人眼中，都是生活小事。

O：那倒是，没什么大不了的事！

王：点点滴滴，就是孩子学习积累的过程。家长言传身教，孩子通过观察、学习、模仿，实现自我成长。

O：孩子就是家长的一面镜子。

王：是的。有些家长抱怨孩子不喜欢读书，沉迷电脑游戏，不学习。我问，你们自己回家干什么呢，看书读报了吗？自己回家就是看电视、刷手机，凭什么要求孩子读书呢？如果你在家对老人家就是呼呼喝喝，凭什么要求孩子对你要孝顺听话？如果自己在外面就是随地吐痰扔垃圾，又凭什么要求孩子有良好的生活习惯呢?!

O：所以家长要反省的，不是孩子做了什么，更多的是自己做了什么。

王：嗯，家长于孩子，就像播撒种子，播什么种就收获什么果实。播下善良的种子，就收获善良的果实；播下贪嗔的种子，就收获贪嗔的果实。怨不得别人，要怨只能怨自己。

O：要想改变孩子的不良习惯，家长应该先从自身做起。

王：对，言传身教。孩子天生有着极强的模仿能力。家长自己做好了，孩子再差也有个限度。

O：但很多人只能看到眼下的情况，看到别人孩子比自己的强，很容易着急。

王：嗯，很多年轻家长说，不参加培训班兴趣班不行呀！一上学自己孩子什么都不会，别人都会，老师不重视你，孩子自信心就会下降……其实，我有时候想，养育孩子的过程主要是家长自己成长的过程。很多人在开始养育孩子的时候，自己的人生观都还不大清晰呢。

O：完全正确，三观未正呀！我们就是这样，生儿子的时候，自己还没搞清楚人生方向呢！这十多年，与其说是帮助儿子成长，还不如说是摸着石头过河，自己学习成长的过程。

## 父母最根本的缺点：总想着孩子为自己争光

王：你孩子多大了？

O：十五岁。我刚生完孩子，您和唐老师还到家里看我呢，记得么？之后才慢慢断了联系的。

王：十五年，真快呀！我们失联，刚好隔了你养孩子这十多年的时间！

O：弹指一挥间！

王：你孩子参加什么补习班吗？

O：没有。小学三年级的时候老师让他参加培优班，他不愿意。后来也没参加其他班，课内课外都没有。

王：他为什么不愿意参加培优班？

O：原因简单明了：占用了他课后玩的时间。他不明白，问为什么上完课了还要去上课?!

王：你们也就同意了？

O：他不肯去，我们也没办法呀，只能尊重人家意见呗！

王：难得你们那么尊重孩子意见，不容易！自己纠结吗？

O：说一点都不纠结，那太假了。就像您说的，孩子自己无所谓，倒是考验家长的内心承受力！

王：因为大家都在上各种补习班。

O：是的，外部环境的压力很大。别人的孩子都参加各种班，拿回来各种竞赛奖。想想自己儿子读这几年小学，什么竞赛奖状都没有，有时候也会失落呀！

王：因为没有参加培优班，参加竞赛就没有优势了！

O：不是没有优势，压根连参赛资格都没有。

王：只有培优班的学生才能够参加竞赛吗？

O：他们学校是这样，这个我倒能理解。竞赛嘛，普通学生去了也是当炮灰，没必要，还会拉低学校整体参赛成绩，所以一般都只在培优班里进行选拔。

王：所以跟别的孩子比较，自己容易有失落感。

O：是呀。特别是看上去，你自己孩子也是有获奖的潜力呢！可能只要狠心逼迫一下，他就榜上有名了！

王：哈哈，诱惑很大！

O：太大了！所以开始也没那么淡定，内心也纠结煎熬的。

王：其实是家长面子问题，满足家长的虚荣心。

O：正确，家长觉得脸上有光嘛！

王：罗素说：父母们最根本的缺点，在于总想着自己的孩子为自己争光。

O：一语中的！

王：孩子自己没有觉得不平衡？

O：看上去心态还好。这本来就是他自己的选择呀，他知道不参加培优班就不能参加竞赛，所以倒很坦然接受这结果。

王：哈哈，像你说的——做负责任的选择。

O：是的，他对自己的选择负责，我们就尊重他的选择。

王：你们能把自己的理念贯彻到实际生活中，很不错。因为说易行难，很多时候明白道理是一回事，到实际生活中又是另一回事了。

O：后来我自己也慢慢想通了。孩子一直挺喜欢上学的，对学习有着浓厚的兴趣。

王：兴趣对学习很重要。

O：嗯。如果逼他参加培优班或补习班，虽然可能也会拿回来一些奖状，但更大的可能，是他会对学习失去兴趣。

王：如果这样，就真是舍本逐末了。

O：以牺牲孩子学习兴趣去换取一些奖状，我觉得这代价太大了。所以我宁可他没有拿回来一张竞赛奖状，但一直保持学习的兴趣和主动性。

## 卑微的愿望：放学马上回家

O：后来发生了一件事，更坚定了我们的选择。

王：什么事？

O：孩子六年级的时候，有一天我在电梯碰到他的同学。一个绝对的模范生，各科成绩都很好，各方面表现也很优秀。

王：哈哈，“邻居家的孩子”！

O：真的是！哈哈，“邻居家的孩子”确实是存在的。我想有这样的孩子，可能是很多家长的梦想吧！电梯里只有我们俩。小姑娘突然跟我说：“同学们都好羡慕你孩子呀!”啊，他有什么好羡慕的？我纳闷。“他各个方面都要向你学习呢，”我说。“但是他不用参加培优班，每天放学可以马上回家呀！我们还要参加培优班呢，好累呀!”小姑娘说。

王：“每天放学可以马上回家”！

O：是，这居然是他们羡慕我孩子的理由。我当时真是大吃一惊！要知道，这位小姑娘从一年级开始就是模范生了。我一直认为，像她这样的孩子，领悟能力那么强，学习定是事半功倍的，相对其他同学，应该是轻松愉快得多了。

王：可没想到连这样的孩子都觉得好累——其他一般的同学岂不是更累了?!

O：说真的，当时听了，我挺心痛的。“每天放学可以马上回家”，孩子的愿望真的很简单。

王：甚至是卑微的。像你这样，想给孩子自由的家长不少，但真会这样做的家长不多。很多家长也想给孩子自由，但不敢这样做呀，万一孩子掉队了，那可怎么办?!

O：是呀，像我孩子这种啥班都不上的，的确是凤毛麟角。

王：你们有这个心，也有这条件。

O：确实这样。因为孩子初中是上附属学校，作为教工子弟，他虽然也要考，但还是有保障的。

王：如果是外面的孩子报考，竞争会很激烈?

O：非常激烈，真的是十里挑一！我也不确定，如果是那种情况，自己还能不能给孩子选择的自由。

王：需要家长有强大的内心，去抵御外界的干扰。

O：但你的坚持随时会被大众的洪流淹没，甚至摧毁。

王：随波逐流太容易了，坚守自己很难。

O：所以，我特别能够体会您说的，孩子的成长和教育，其实是考验家长的过程。

王：你们的坚持还不错。

O：还行吧，当年考初中，他也过了分数线，虽然成绩一般，但毕竟通过了。碰到他以前的小学老师，说起孩子的情况。她说你孩子是特例，能不参加任何补习班又通过附属学校考试的，是非常少的，几率很低。

王：非典型性个案！有时候感觉像一场赌博，对吗？

O：对，你不知道结果会怎么样。我们只能尽力给予孩子自由的成长环境，提供可能的支持，让他保持学习兴趣，养成独立自主的学习习惯。其他的，就只能靠他自己努力了！

## 蜗牛理论：一步一步地爬

王：课外兴趣班孩子也没有参加？

O：幼儿园的时候，杂七杂八的参加过一些，画画下棋什么的，但时间都不长，也没有坚持下来。

王：孩子不愿意上？

O：不愿意。坚持下来的只有书法班。一年级开始，上到初二。初三要晚自习，就停了。我也一起上。

王：坚持这么多年，你和孩子的书法都应该很不错了！

O：呵呵，理论上应该是的，但事实上没有。

王：不用谦虚！

O：不好意思，还真不是谦虚，就是事实。一开始书法老师就说，每天要回去练习，最好一个小时，我说做不到；每天半个小时，也做不到；两天一次，还是做不到。

王：书法是需要不断练习才能提高的呀！

O：是，我也很清楚这个道理，熟能生巧嘛！可就是做不到呀，别说儿子做不到，我自己也做不到。

王：学习、工作太忙了！

O：忙是借口，其实就是懒，有惰性。

王：你倒清楚问题所在。

O：这点自知之明还是有的，要勇于承认自己的弱点嘛！

王：哈哈，也算美德！

O：凑合。但是我有个书法情结，估计是以前书法太差，被人笑话过，有心理阴影，所以还是很想学习，提高一下。也希望儿子好歹有点寄托吧——其实像您说的，问题在我，主要是寄托我自己的精神，跟儿子关系不大！

王：父母的弱点！

O：是，父母的弱点——把自己的意愿强加在孩子身上。我就跟书法老师说，老师，回家练习估计不大可能了。我们只能努力做到——每周一小时的书法课不逃课。

王：哈哈，老师肯定觉得你们这两个学生也太懒了！

O：对呀，我想一开始老师肯定是郁闷坏了！

王：没见过这么学书法的！

O：还好，老师胸怀比较宽广，因材施教吧，也不计较，凑合接受了我们这两个懒学生！所以你可以想象我们的速度——龟速都太快了，就是蜗牛爬。

王：不过好歹还算坚持下来了！

O：是的，其实蜗牛爬，要坚持下来也不容易呢！我们坚持到现在就是九年了。

王：给自己点赞一下！

O：阿Q精神有时候也是需要的。我们虽然是速度最慢的，倒成了最能坚持的少数几个！这九年间，我也见过很多学友。有坚持一个月或一个学期的，也有一两年的，但很多都是学着学着就消失了。

王：因为各种各样的原因就放下了。坚持是件很不容易的事。你们现在每周还上吗？

O：儿子高中住校不上了，我还继续呢。长时间的坚持，真的很难，因为找理由放弃太容易了。特别像练习书法这种闲事，本来就是可有可无的，也不会给你带来什么即时的利益或好处。

王：很多人会觉得没有什么实用价值，或者是退休了，有时间有闲情才干的事情。

O：是的，无用功。不过坚持这些年，虽然水平不怎么样，收获还是有的。有一次雅集，老师让我分享一下作为"老学生"学习书法的感受。我就跟大家分享了我的"蜗牛理论"。

王：哈哈，你的蜗牛都爬升到理论层面了！

O：呵呵，得提炼拔高一下！我说，我就是个反面教材呀，回家都不练习，大家一定不能学我。我唯一不错的，就是九年来上课出勤率还比较高。

王：基本不逃课！

O：是！这比很多成人班的同学要强，因为大家很容易因为加班或各种应酬而逃课。我就是一个蜗牛，一步一步地爬——每周一次课就是我能坚持下来的。虽然是蜗牛爬，但毕竟是在爬呀，慢是慢点，但进步还是有的，而且蜗牛还有个特点——不容易摔跤，也不怎么退步——稳健！

王：哈哈，这个特点你都给找出来了——太爱这蜗牛了！

O：那是，本来就不怎么样，还不多贴点金么！我说，蜗牛进步虽然很慢很慢，但退步也是很小的，基础还比较扎实。但我不鼓励大家做蜗牛。我身边很多学友都很努力，是骏马奔驰型的，勤奋加天赋，一两年取得的进步比我九年都要多。这些才是我们学习的榜样！

王：哈哈，那是，马跑百步，估计蜗牛一年都爬不到！

O：确实是，但不是每个人都能像骏马奔驰的。我说，我想跟大家分享的是，每个人都应该找到一个自己能坚持下去的方式。不管是骏马，还是蜗牛，只要你坚持拿起笔，不放弃，就一定会有所收获。所以，请大家坚持，再坚持！另外，目前我正努力从蜗牛爬向乌龟爬转变，希望我能成功！

王：哈哈，蜗牛爬转向乌龟爬，是飞跃性进步了！

O：绝对飞跃！革命尚未成功，同志仍需努力！

王：你口才不错，这蜗牛理论也不错。找到适合自己的步伐，坚持下去就好——水滴也能石穿！

O：嗯，我想不仅仅学书法是这样，很多事情都是这样。如果能找到自己感兴趣的事情，找到适合自己的步伐，用纯粹的、毫无功利的心，坚持不懈地做，一定会有所收获的。

王：用心做，到达的高度还可能常常出人意料！

## 《先知》中的孩子：弓与箭

（一次拜访，我带去纪伯伦的《先知》。）

王：你最近在读《先知》？

O：我在读英文原版的，里面的诗篇很优美。这个中文版是冰心译的，神形兼具。

王：翻译得信、达、雅！这书很薄。

O：是，很简练的。里面都是关于人生的主题，爱、婚姻、孩子、工作，还有衣服、饮食、房屋等等。每个主题就是一首诗歌，一两页，富含哲理，辞句简明优美。

王：是很经典的著作。

O：嗯，里面关于孩子的篇章，我印象特别深刻。

王：要不你念给我听听吧，反正我现在也没精力读书了。

O：好呀！只是您这高级语文老师，可不要嫌弃我的朗读水平哦！

王：洗耳恭听！

O：于是一个怀中抱着孩子的妇人说，请给我们谈谈孩子。

他说：

你们的孩子，都不是你们的孩子，

乃是生命为自己所渴望的儿女。

他们是凭借你们而来，却不是从你们而来，

他们虽和你们同在，却不属于你们。

你们可以给他们以爱，却不可以给他们以思想，

因为他们有自己的思想。

你们可以荫庇他们的身体，却不能荫庇他们的灵魂，

因为他们的灵魂，是住在明日的宅中，那是你们在梦中也不能想见的。

你们可以努力去模仿他们，却不能使他们来像你们，

因为生命是不倒行的，也不与昨日一同停留。

你们是弓，你们的孩子是从弦上发出的生命的箭矢。

那射者在无穷之中看定了目标，也用神力将你们引满，使他的箭矢迅速而遥远地射了出去。

让你们在射者手中的弯曲成为喜乐罢；

因为他爱那飞出的箭，也爱那静止的弓。

完了。

王：嗯，写得很优美！你朗诵得也不错！

O：哈哈，多谢专家肯定！

王：父母与孩子，就像弓与箭。这个比喻有意思，值得思考。

# 关于朋友

王老师朋友很多，生病期间总有很多朋友来电来访。我去拜访，需要提前一两天确认，以免和其他拜访冲突。

## 真正的朋友：心灵的慰藉，思想的碰撞

王：有时候我躺在床上，没事就瞎想：光把这皮囊伺候好了，心里好像还是感觉空空的，没着没落！

O：呵呵，想到了马斯洛的需求层次理论啦？

王：马斯洛的五大层次需求理论，还是很有道理的。

O：生理需求最基础。没有这基础，其他就无从谈起。

王：只是满足了最基本需求以后，人还有更高层次的需求。我看自己，现在虽然身体病了，但精神上还很健康呀！

O：所以还有精神方面的需求。

王：嗯，精神的需求对人也很重要。但是这块，家人就很难满足了！

O：家人每天帮忙料理生活琐事，已经很辛苦了。

王：精神的交流大多来自朋友。

O：嗯，所以您之前说，家庭和朋友是人生两个重要部分。

王：是的，缺一不可。

O：您很幸福呀，两者都不缺！您看现在，您生病在家，

接待朋友还挺忙乎，都要轮候接见了！

王：确实经常有朋友过来看望，老同事老朋友呀，还有以前语文学会里的。

O：您的朋友很多呀！

王：嗯，我觉得自己挺幸运的，这一生都不缺朋友，各个时期身边都有朋友相伴。不管是上学读书，还是工作了，从天津到广州，到现在退休，都有朋友。

O：人缘真好！

王：有朋友，人生就不会孤独。我那天读了篇文章，说人要有不同年龄段的朋友，可以交流、分享，才容易保持健康的心态。我就想我自己呀，我马上七十岁了，同龄的朋友很多，同学呀，同事呀。六十岁的挚友也有，五十岁上下的朋友也有一个。啊，还有个年轻的——就是你啦！

O：哈哈，谢谢您记得把我纳进去呀！自省不错，是不是觉得可以给自己评个优秀了?!

王：还行，我觉得自己交朋友这块做得还不赖！真正的朋友很重要呀，顺境的时候可以跟你分享，逆境的时候可以给你鼓励和支持。交心的朋友，可以给予心灵的慰藉、思想的碰撞。很多时候，这些是家人没法给到的。

O：家人和朋友有不同的分工。

王：基础需求和高层次需求的结合。像跟你这个忘年交聊天，我心里就很舒畅！

O：哈哈，能遇到您和刘道玉老师这样的忘年交，我实在是太幸运了！

王：不是每个年轻人都愿意跟老人家交流的。

O：跟老人家交流收获很大呀！你们丰富的人生经历，

就像一个巨大的宝藏，取之不尽。

王：觉得是宝藏的人不多，很多人觉得老人就是负担。

O：老人衰退的不过是身体，人生智慧却是随着年龄增长而增长的。“家有一老，如有一宝！”

王：每个人都像在写小说，一本关于自己的小说。我们老人家的小说，已经经历了开端、发展、高潮，准备结尾了。

O：嗯，所以很多东西现在可以回头看，有更多的反思和领悟。你们的人生智慧，可以给年轻人很多指引和启发。

王：这是相互的。你也给我带来很多年轻活力呀——哈哈，特别是那些天马行空的故事！

O：呵呵，共赢的交流。

王：是，共赢的交流。亚里士多德说，没有人会选择没有朋友的生活，不管他拥有多少的财富。

O：真理！

## 英国笔友：人生是多么的奇妙

(8 月初，我自英国旅游归来，王老师也刚出院。她对自己的病情不在意，却特别希望我多聊聊英国之行。)

王：你这次去英国都去哪了？

O：伦敦、剑桥、曼彻斯特、爱丁堡，湖区、峰区这些地方，主要在英格兰和苏格兰。

王：你们总共去了二十天。

O：是，但有一半时间是待在朋友家里。她在谢菲尔德，离曼彻斯特不远。我们就以她家为中心，在附近的城市转悠。

王：哦，那你们这次去英国，不只是旅游，还有个重要目的是看朋友啰？

O：呵呵，最主要的目的是看望朋友，顺便旅游。

王：你对朋友很有心。

O：朋友嘛，是互相有心。她都邀请我们很多年了，一直没成行。今年机缘到了，孩子也考完中考，就去一趟呗！

王：你朋友肯定也很开心！

O：是呀，大家都挺开心的。这次去英国，还去拜访了一个很多年的忘年交，一位英国老太太。

王：哈哈，你跟老人家真是有缘，还有国外的忘年交！你们是怎么认识的？

O：我读初中的时候，应该是八七年吧，有一天学校来了个外国旅行团，十多人。您知道，我们那是山区小县城，基本见不到外国人的。

王：八十年代，大城市里老外也不多见——来稀客了！

O：绝对的稀客！我们英语老师负责接待，刚好上英语课，就把他们带到我们班上交流了。

王：觉得你们英文还不错！

O：哪能不错！那时候都是聋哑英语，听不懂也说不出。

王：哈哈，只能是心灵的交流了！

O：按广州话说，就是鸡同鸭讲！后来我们想到了笔谈。

王：这主意不错，听不懂就写嘛！据说我们和日本人也可以通过写汉字交流呢，虽然互相听不懂。

O：想法很不错，现实很残酷！他们写的英语龙飞凤舞的，我们发现看也看不懂呀！

王：只能等老师来做翻译了！

O：老师只有一个，哪顾得来那么多人！老外们估计觉得我们这群小孩挺可爱的，我们也觉得他们挺好玩的。反正不用上课嘛，你有你说，我有我说，气氛还相当热烈！

王：哈哈，只是都不知道大家在说啥！

O：就是这状况！有位老太太在我旁边，一直跟我说个不停。我什么都没听懂，直到她问我——birthday！

王：终于听懂了！

O：生日，她问我生日——您都想象不到我当时有多兴奋！

王：终于听懂了一个英文单词！

O：是呀，太高兴了！我就写给她我的生日。老太太也很兴奋，好像说她的生日跟我的只差了一天。她又问 name。

王：这个也懂——听不懂句子，单词还可以！

O：嗯，我想应该是问我的名字吧，就把我的名字写给她。反正就是这样，鸡同鸭讲加手谈，糊弄了一节课。我们下课了，他们也就走了。这事就这样过去了。

王：没想到还有下文！

O：完全没想到！现在回头看，我常常惊叹，人生是多么奇妙啊——隔了万水千山，一个英国老太太，一个中国小姑娘，两个完全不相干、生活在两个世界的人，居然能联系在一起！

王：你们怎么又联系上了呢？

O：大概过了两三个月，突然有一天，老师拿来封信，说是我的信。我很吃惊，怎么会有人给我写信呢？一看信封，还是航空信，写的居然还是英文地址。

王：太稀奇了！从来没接到过国外来信吧？

O：没有。哈哈，就像您第一次接到台湾包裹一样！

王：连信封都觉得新奇！

O：对。我打开信封，里面是一张生日卡和一张照片——老太太和她两个孙子的照片。

王：老太太回到英国给你寄信了！

O：是呀，原来她临走的时候问老师拿了学校的地址。

王：她很有心，大概离开的时候就已经打算给你写信了。

O：嗯，但老太太的字太潦草了，我那时也读不懂，还得请教英语老师。人家来信了，就得回信呀！

王：礼尚往来！

O：但对于那时候的我，写一封英文信太难了！每次都先写中文，再翻译。买本汉英字典，逐字逐句地拼凑。

王：哈哈，比做作业还辛苦！

O：辛苦多了！不过这倒是给我学习英语提供了动力。

王：因为要写信！这也成为你大学选读英语专业的原因？

O：有部分原因吧！反正从第一封回信开始，我们就成笔友了。那时候一封信得走一两个月呢，我们一年还通好几封！

王：往来还挺频繁。后来没再见了？

O：没有，都是通信。二十多年，她用书信见证了我的成长，陪我度过了少年和青年时期。随着英文水平提高，我会在信里跟她说很多学习上的问题、生活上的问题，同学关系呀，甚至情感问题，什么都说。

王：各方面的交流！

O：是的，她会给我很多建议和指引。毕业工作后，我们断了一段时间联系，后来又续回来了。老太太的地址从来没变过。

王：现在有电邮了，你们没用电邮通信？这样会快很多。

O：老太太家没有电脑，所以我们一直还是寄信的。不过我俩都挺享受这种写信、寄信和等信的过程，倒不在意速度。

王：手写书信也是一种情怀。

O：嗯，毕竟年纪大了，老太太对新技术也不熟悉。如果还健在，她也应该八十多，快九十岁了吧！

王：啊，她已经去世了?!

O：前几年信突然就断了，我去的信也没回复。我感到奇怪，那不是她的风格，她是有信必回的。

王：所以已经预感到，可能出什么事了！

O：嗯，这次暑假准备去英国，我几个月前按照她的旧地址写了封信，在信封上注明任何人收到这封信，或认识老太太的人，都可以打开。

王：确保信可以有人打开。

O：是，因为老太太很可能不在了，写她收可能就没人打开了。信里说明我们的交往情况，留了我的电邮方式，希望能有人跟我联系。

王：后来有人联系了？

O：过了大半个月，收到封电邮，是这个地址的新主人发来的。他们两年多前买了这房子，老太太他们没见过，但听她家人说起过。老太太是前些年突发心脏病去世的。非常突然，那天还在家吃晚饭，晚上发病送医院，过两天就去世了。

王：哦，怪不得是突然跟你断了联系！

O：嗯，我很感谢新主人告诉我这情况。不过，虽然老太太不在了，我还是决定趁这次到英国，去拜访一下她的故居。

王：缅怀一下友人。

O：既是缅怀友人，我可能也是想缅怀自己的成长吧！那个地址对我人生有着特别的意义，毕竟它陪了我二十多年呢，见证了我从小姑娘到读大学、工作、结婚、做母亲，整个过程。我很熟悉那地址，都能背下来。

王：它用一种特别的方式，陪伴你成长。

O：是的。

王：所以这次，你还专程去拜访了这位友人的故居。

O：对，在伦敦郊区的一个小镇，坐地铁就到了。交通比我们预想的要方便。

王：见到新主人了？

O：没有，他们外出度假了。我在门口留了张感谢卡。不过，倒见到邻居的另一位老太太。

王：哦，她认识你的忘年交？

O：很熟悉，几十年的老邻居。我随身带了朋友的照片，给她看。这个老太太也挺感动，我们就聊了一下，都挺高兴的，最后还合影留念！

王：挺圆满的。

O：非常圆满。我当时就觉得，我的忘年交在天上，一定也是感应到我们的来访了，特意安排这位邻居老太太出来接待我们。您知道，我们到的时候，那房子所在的整条街，一个人都没有，特别安静。我们刚找到房子一会儿，这邻居老太太就开门出来遛狗了。完全出乎意料！

王：完美的安排。

O：在我，没有更好的安排了！邻居老太太早一点或者晚一点出门，我们都不会遇见的。所以回来的路上，我一再跟先生说，上天总有最好的安排，我们千万不要庸人自扰。

王：你很有仪式感。

O：仪式感有时候很重要。

王：从表面上看，你去拜访一位已故友人的旧居，还没能进去，好像没有什么现实意义，但是对于自己的内心，有着特别重要的意义。

O：就是这样。别人听说了，大多是不能理解的，觉得我总在做些不知所谓的事情。

王：只有自己才能够体会。

O：是的。虽然我的朋友已经不在世上了，但是很奇怪，她的关爱好像从来没有离开过我。我站在那房子前，没有什么伤感，或者遗憾，反而是随处都感受到她的存在。

王：爱是永恒的。

## 友谊也需要常常浇灌

（王老师家的几扇推拉门都有点坏了，很难推拉。9月，我带了两位朋友去王老师家，把门的滑轮换了。）

王：你哪里找来这么专业的师傅，看这门，修得多顺当！

O：都是朋友，互相帮忙！

王：你的朋友真是五湖四海呀。

O：哈哈，您是想说五花八门吧！

王：嗯，不是每个人的交友面都这么广的。像我，朋友虽然也多，但主要还是在教育领域的。

O：因为您是老师呀，接触的都是教育领域的同仁，朋友当然是以老师为主呀，完全可以理解！

王：你不也是待在学校里嘛！

O：那不一样，我虽然也待在学校，但是做行政，就是打杂的呀！像做接待管后勤，要接触不同的人，搞卫生的，做绿化的，旅行社的，餐厅的，甚至是复印的，各种行当都有。哈哈，您哪里有这些机会呀！

王：这些都是公务往来。

O：公务往来确实只是做事，但做事的过程也是做人的过程，交往中也可以看出人的品质。

王：交朋友是交人，交心。

O：嗯。我很多朋友是因公而识，因私而交。

王：你对人没有贵贱尊卑的概念。

O：哈哈，怎么敢有这个概念！要有这个等级概念，那我自己不先得归类到“贱人”里了——我可不干！

王：你跟人很容易相处，所以也很容易交到朋友。

O：嗯，还行。人格都是平等的，只是社会分工不同，并没有什么高低贵贱之分，这句话我奉为真理。

王：知易行难。嘴上都这样说，能做到的人不多。人大多愿意攀附权贵。

O：哈哈，我太懒了。溜须拍马的活太辛苦，考验的可是心手眼的综合素质呢，常常要口不对心，还要眼疾手快！我可没能力做，也不愿意做！

王：更不屑做！

O：我对自己交朋友这块也还挺满意的。虽然从学校裸辞了，现在没有任何身份，就是个“无业游民”，但是我的朋友一个都没少，反而还多交了不少新朋友。

王：觉得自己这人做得还不错！

O：像您说的，做得还算不赖。我交的朋友，跟我是“啥长”没什么关系，自己点赞一下！还好，没什么功利的朋友。

王：功利的朋友不是真正的朋友，叫“利益联盟”。

O：“利益联盟”，这词倒精辟！辞职后我和很多朋友的联系比以前还紧密了。

王：因为你有时间了。

O：对呀。我辞职第一年就跑到华东看朋友去了！

王：只是去看朋友？

O：是呀，只是去看朋友！

王：很纯粹。

O：呵呵，纯粹到别人都不相信。我第一站去浙江金华，但金华没机场，最近的就是飞义乌，再转汽车。这边的朋友听说我准备飞义乌，所有人都开始认为我准备转行做小商品批发了！挺搞笑的。

王：哈哈，因为义乌是世界小商品批发中心。他们的推测是有理有据的！

O：嗯，义乌的国际影响力确实挺大的，我以前只是听说，没怎么了解过。我坐的那趟飞机上大半都是老外，身边坐的也是老外。聊了一下，他们是从土耳其来的，每年要到义乌几次。

王：所以难怪大家想着你要做小商品批发了。

O：等到了华东，那边的朋友也问我，这次东行主要来干什么。我说来看望你们呀！他们开始以为我开玩笑呢，竟然谁都不相信我就是专门去看他们的，都以为我是去开会什么的，顺访他们。

王：理由过于纯粹，大家都难以相信。

O：哎，确实是。现在人心都太复杂了，理由太简单太纯粹，大家都不相信。我说我现在都是“无业游民”了，哪里还有什么会要开呀?！大家终于相信了，都好感动呢！

王：觉得你很重视他们。现在很少人做这么纯粹的事了！

O：其实我自己倒觉得挺过意不去的，因为这些朋友都好多年没见面了。我以前总是说，有空去看你们，但一直都没去过。其中一个朋友，从幼儿园到高中，我们都是同班，关系一直挺密切。

王：发小，很难得。

O：就是发小！她是独生女，父母是上海人，下乡到我们那里工作。我们住得很近，总是一起上学放学。她大学毕业就回到上海定居工作，我们也慢慢失去了联系。

王：跟咱俩一样，失联了！

O：对，失联了。我们都快二十年没见面了！这次通过其他同学找到她电话，在上海见了她一家人，才知道她父亲已经在几年前去世了。

王：朋友是一种难得的缘分。友谊也是需要常常浇灌的，否则也会慢慢枯死！

O：完全同意！

# 关于工作：教育事业

王老师视工作如生命。工作，是她生命最重要的内容。她一生从事教育工作，曾在中学、大学和中专院校任教，或教书育人，或著书立说，都和教育事业密不可分。

## 一生挚爱：没有教育事业，我的人生将是一片空白

王：自踏入校门，我就没有离开过学校。做完学生就做老师。

O：您是一辈子都待在学校里了！您很热爱教育事业！

王：说是一生挚爱，一点都不过分。教育是我愿意献身的事业。从天津到广州，从参加工作到退休，甚至是退休后十年，我一天都没有离开过教育领域。

O：从来没有想过要转行做其他工作？

王：没有，连这个念头都没有出现过。

O：天生的老师！能一生从事自己喜欢的事业，真是非常幸福。

王：是呀，工作不仅给了我事业的成就感，更重要的是，看着学生在自己的引导下健康成长，内心的愉悦和满足，是很难用言语表达的。

O：嗯，亚当斯说：一个教师的影响是永恒的；他从来不知道自己的影响会在哪里停止。

王：如果没有教育事业，我的人生将是一片空白。

O：您的人生很丰满，每项工作都做得这么有声有色。

王：还行。对自己的工作表现，打个八十分吧！

O：哈哈，真谦虚！

王：我以前想，这辈子基本是埋首工作了。以我这种工作效率，活到七十岁就足够了！

（一语成谶，王老师离开的时候，距离七十岁生日还差三个月。按照中国传统算法，已满七十了！我想，这是不是天随人愿呢？！）

## 标准化教育与流水线生产

王：好的老师不仅仅是在课堂教导学生知识和技能，更重要的是培养学生健全的人格，独立思考的能力，自主学习的能力。

O：现在网络那么发达，学生获取知识信息的途径越来越多，老师作为知识权威的地位也受到挑战。

王：以前很多知识信息，都是靠老师解说和传授的，所以老师是权威；但现在不一样，学生可以了解很多信息，甚至比老师还多。所以作为老师，仅仅传授知识是远远不够的。

O：现在有种观点，认为学校和老师都多余了，而且很可能会在不远的未来消失。

王：我不赞同这种观点。我想不是多余，而是功能可能会发生变化。

O：学校和老师要与时俱进地调整功能？

王：对。譬如，学校是大家体验团体生活和交流的场所。

O：现在不少人喜欢活在虚拟世界里。

王：所以就出现社交困难症了呀！

O：压根没有社交的机会和需求！所以剩男剩女也就越来越多了。

王：但人是社会生物，人跟人总是要打交道的。学校其中一个重要功能，就是培养和锻炼人的对外交往能力。随着虚拟网络的发展，以后这个功能只会更加显著。

O：而不是削弱！

王：以前在课堂上，老师大多是传授知识，解答疑惑。将来可能会更多地引导学生，怎么更好地利用技术手段，怎么筛选各种信息，怎么服务于学习。

O：但现在基本是标准化教育。

王：是，这也是现代教育的通病。我们用统一的教科书，制定统一的课程进度，划统一的分数线。人的培养越来越趋向标准化。

O：就像在工厂的流水线上生产产品。

王：目前我们的教育标准就是按照工厂规范来做的。什么都有规范，上课时间、教案、作业批改、考试，甚至教师行为举止，都有规范。什么都要在规范内做，不符合规范就可能被界定为不合格。整个社会都不鼓励突破规范。你不能在规范外进行什么操作。

O：难道有规范不好吗？大家有个标准，才能参照评判。

王：规范本身也没有好坏，就是看它能不能真正服务于它的目标。

O：能服务目标的规范就算是好规范？

王：可以这样说。工厂在流水线生产，必定是要规范产品标准的。

O：嗯，不符合标准的就是次品，要淘汰。

王：但是教育不是生产产品，学校也不是工厂呀！我教过中学、大学，后来到广州教中专。学生都是有差异的，性格差异，能力差异，兴趣差异，成长环境差异，没有一处是一样的，但我们现在都要按统一的标准、统一的进度，对他们进行培养。你想想，结果会是怎么样？

O：就像一大群高矮肥瘦都不一样的人，却必须穿同样尺寸的衣服。

王：嗯。如果教育的目的仅仅是普及一些知识，这是可以接受的。但如果我们的目标是培养创造性人才，或最大限度发挥各人所长，这种教育模式肯定是有问题的。

O：因果关系很明确，一眼就可以看出来。

王：但是大家都不会说，都不愿意说。

O：因为风险很大，说真话经常是要得罪人的，会给自己找“麻烦”，还可能掉乌纱帽。

王：制定各种规范，其中重要的目的是方便管理，提高生产效率。

O：所以这对工厂生产很管用。

王：嗯，但对教育就另当别论了！尊重个体的差异性，这是我们现代教育缺失的。

## 扶与不扶：人心的考量

王：大家现在都怕承担责任，一旦出现什么问题，就忙着制定什么规定，出台什么法律。

O：一切按法律执行——法治社会是我们奋斗的目标。

王：法治确实是基本需求，特别是现在社会所处的发展阶段，乱象太多。但是，法律只是最表层的行为规范。

O：告诉大家不能干这，不能干那！

王：如果没有解决人心的问题，仅仅依靠法治，是很难从根本上解决社会问题的。

O：读过篇文章，说如果每个人都能与人为善，助人为乐，有克己之心，百分之八十以上的法律可以不用出台。

王：这个说法可能有点夸张，但确实有一定道理。法治，是在社会认为人心都靠不住的时候，最末的选择。

O：现在把它作为奋斗目标，是作为本了。

王：可见，整个社会都普遍认为，人心越来越靠不住了。

O：嗯，现在扶老人都要立法了。

王：扶不扶成了个社会问题。

O：十多年前，我曾经在学校扶过一个老太太。她在台阶上摔倒。老人当时磕破额头，出血严重，都晕过去了。旁边很多人看到了，都过来帮忙，打电话叫救护车，拿毛巾拿药品的，找家人的。

王：抢救及时么？

O：还好，救护车及时赶到，送去医院，老人没太大问题。她康复后，还在家人陪同下，拿了些腊味和糖果，挨家挨户地表示感谢。

王：像这种扶和被扶的关系，现在估计很难见到了。

O：那天看新闻，有好几个扶老人被讹的报道。呵呵，听得我后背凉飕飕的。

王：如果放在今天，都不知道自己还敢不敢去扶老人了！

O：是呀。我是不是该先想一想，法律是怎么规定的，会不会被讹呢，是不是该先拍照留证据，再找来第三者作证呢……想完都不知道自己该怎么办了。

王：但如果你有良知，任何时候你都会去扶的，跟有没有法律关系不大。对吗？

O：嗯，那倒是。见死不救，自己良心一定会过意不去，甚至可能会内疚一辈子。

王：被扶的人心存感念，又怎么会想着去讹别人医药费呢？想你们十多年前，那位老太太还挨家挨户地表示感谢。这是人心在变，不是事情本身发生了什么变化。

## 做个善良的人，比分数重要得多

王：解决人心的问题就要依靠教育，家庭教育、学校教育、社会教育，各方面的教育。

O：这些年也都在提倡素质教育，不过成效好像一般！

王：因为当前教育的本质还是应试教育呀！按照考试的指挥棒，从学校到家里到社会，还是着重知识、解题技能的掌握。

O：所以要制定各种规范标准，试题也很多标准化了，甚至连作文、思想品德都是有标准模板可套的。

王：孩子就在这些规范的圈圈里折腾。学习知识也是为了应试，很难让孩子有个性发挥。

O：呵呵，担心一发挥个性，学校就该乱套了。

王：《论语》说："行有余力，则以学文。"你看，行在前，有余力了才学文，才是学习文化知识。

O：“学文”不是最重要的，“行”才是根本。

王：什么是行？“入则孝，出则弟，谨而信，泛爱众而亲仁”，这就是行。不仅仅是知道这些道理，还要付诸行动，就是行。现在也说“德智体”全面发展，德也是排在第一位的，但到了执行时就变味了。

O：嗯，大多数人还是认为学文是最重要的，不管是老师学校，还是家长。您看，现在那些补习机构生意多红火呀！

王：这是整个教育制度和社会导向造成的。没有人告诉孩子，做一个善良的人，比他的分数重要得多。

O：从踏进学校，学生就被告知要力争上游呀！

王：家长更是希望，自己孩子每次考试都拿第一。

O：这是个弱肉强食的社会，你不努力，就只能被淘汰——家长老师都是这样告诉孩子的。考上理想大学才是硬道理。成绩好的就是好学生，成绩差的同学，在老师眼中似乎各个方面都是差的。班上但凡出点什么坏状况，大家都会认定是成绩差的同学干的，不管老师还是同学。

王：嗯，一好百好，一差百差。成绩至上，成了唯一的衡量标准。其实道德与学问高低没有多大关系，博学多识与道德高尚也不对等。

O：有人批判，现在的大学正在培养一批“精致的利己主义者”。

王：确实存在这种状况。

## 人生不是一场赛跑

王：还有个普遍的观点，大家都接受得理所当然：不能让孩子输在起跑线上。

O：呵呵，幼教领域最普遍的广告语！很多家长把这奉为真理呢！

王：这是个很要命的指导思想。首先，它告诉家长和孩子，人生就是一场赛跑；其次，你必须一路领先，而且是从一开始就要领先。一旦开始落后，这辈子可能就完蛋了！

O：是呀，和同学竞赛，和更多的同辈竞赛，和世界竞赛。“更快，更高，更强”，奥林匹克精神嘛！

王：但人生不是一场赛跑，最多也只能算一个人的长跑而已。

O：只跟自己竞争的赛跑。

王：一说到竞赛，就会给人以时间压力。和时间赛跑，叫什么时间效益最大化。

O：在最短时间内做最多的事情。

王：我以前也这样。

O：哈哈，所以工作效率很高！

王：效率确实不低，但是自己压力不少，而且生命中很多的风景也都忽略了！

O：我有时想，如果人生是一场赛跑，那也该是场马拉松吧！

王：你见过谁跑马拉松，从起跑就领先，一直到最后的?!

## 互帮互助：共赢的学习

王：大家都很怕别人超过自己，特别是自己旁边的人。

O：有个段子说，幸福就是我比邻居多挣十块钱。

王：哈哈，你别说，还真有不少人是这种心态！

O：以前有个孩子跟我说，他妈妈告诉他，如果有同学问他题目，他会也不能教别人，因为教会别人，别人就会超过你了。

王：教会徒弟、饿死师傅的思想。

O：我非常吃惊！后来，我跟家长和孩子沟通，鼓励孩子跟同学互相帮助，因为教别人的过程，也是自己学习提高的过程。

王：教学相长，说的就是这个道理。

O：真的是这样！能够教别人做题，比起只是自己会做题，层次高多了。您做老师，最清楚这个道理了，但很多人不明白。

王：嗯，因为教别人的过程，就是自己梳理知识、整理思路的过程。不光要自己清楚，还要想方设法，让学生能够理解接受。这个过程对自己的提高很大。

O：我也深有体会。读高三的时候，我在文科班，但数学很好。很多同学课后会问我数学题，而且经常是，不同的同学问同样的题。开始我也有点烦，特别是同样的题得讲好几遍，但我是数学科代表呀，没办法，只能讲呗！

王：呵呵，还有点责任心。

O：但后来讲着讲着，发现即使是同样的题，自己跟不同的同学讲，每次都会有不同的收获，经常还会想到新的解题方法。那时不知道什么教学相长，就觉得既能帮到同学，自己也有提高，互相促进，挺好的。

王：至少不烦了！

O：一点都不烦了，还很感激同学们给我这些机会。

王：共赢的学习！

## 网络与筷子：本质是一样的

O：现在很多孩子学习都依赖网络，很多学校也在往网络学习方向转。但也有很多家长抱怨，孩子整天沉迷网络——当然很多家长自己也沉迷网络啦！网络这东西，让人是又爱又恨的！

王：让网络为我们服务，而不是让人受制于网络。

O：现在很多人认为没了网络就不能生活了。去哪都是先看有没有 Wifi 呀！

王：那是本末倒置了。网络再发达，也只是一种工具，一种为我所用的工具。很多人现在都成了工具的奴隶。

O：呵呵，关键是大家都不觉得自己成了奴隶呀！一切都好像很自然：每天看看手机刷刷微信，晒晒照片看看电影，朋友圈里分享各种生活小诀窍、心灵鸡汤。大家都挺享受的，感觉很不错呀，怎么看都不像当奴隶呀！

王：这奴隶大家都舍不得不做！

O：哈哈，没有了网络，不少人估计连死的心都有了！

王：网络是工具。工具本身并无好坏，只是跟人的使用有关系。网络跟一双筷子的本质是一样的，就是为实现人的需求提供帮助，仅此而已。

O：嗯，您这说法让我想起爱因斯坦的一个演讲。上世纪初，差不多一百年前了吧，在美国加州理工学院做的演讲。讲的是科学技术与人类幸福，因为他的听众都是顶尖的理工科学生！

王：哦，都说了什么？

O：他说，为什么应用越来越广泛的科学技术，却给我们人类带来那么少的幸福？因为我们人类还没有学会如何有意义地应用技术，如何很好地利用它。技术没有把人类从繁重的劳动中解脱出来，而正在把人类变成了机器的奴隶！

王：人类成为机器的奴隶——爱因斯坦在一百年前就预见到了！

O：嗯，他说，所有科学技术的努力，都必须以关注人的本身和人的命运作为根本。

王：现在基本做不到了。大家都只是关注技术发展的本身，日新月异的发展。

O：和市场占有份额。

王：一百年前，工业技术还处于刚刚起步阶段，爱因斯坦就已经预见到技术可能给人类带来危机了，真是伟大！

O：他最后说，希望我们头脑所创造的产品，对人类是福音，而不是诅咒。

王：人心如果跟不上技术的发展，技术给人类带来的，就很可能是诅咒，或灾难，而不是福音了。

# 关于我的辞职

得知我裸辞高校公职，王老师一开始很难接受。后来随着见面交流增多，她慢慢理解了我的想法，态度从拒绝转为接受，再到支持。我的辞职是我们聊天中绕不开的重要话题。

## 扫地出门的闺女

（2015 年 1 月 12 日，我们重聚。）

王：今天又不是周末，你不用上班吗？怎么有空出来，和几个老太太喝茶呢？

O：我两年前已经从学校辞职了。现在是闲人，有的就是时间，随约随到哈！

王：辞职?！为什么呀？

O：不为什么。今天不够时间了，改天再详细向您汇报吧！

王：辞职，这怎么得了！如果是我闺女，一定把你扫地出门！放着好好的工作不干，瞎折腾什么呢！

O：哈哈，还好，不是您闺女，所以还可以坐在这里，跟您喝茶聊天。您别着急，血压容易升高呀，对身体不好！以后有机会我一定详细汇报！

## 那一切都好的工作

王：咱今天就聊聊你的辞职吧，你可说过要详细汇报的！

O：好呀。放心，我一定履行承诺的！

王：我要没记错，你本科毕业就留校当编辑了？

O：是呀，做您的书的责编的时候，我不还是只菜鸟嘛！

王：你这菜鸟，活干得还不错！

O：哈哈，承蒙不弃！做了七年多编辑，后来就转做行政了。先是在学校对外交流部门，做了五年，又到一个学院做行政副院长。

王：听上去你在学校干得还不错呀，仕途顺利！

O：是挺顺利的。工作压力不大，同事关系融洽，上级肯定包容，收入稳定中上，都挺好的。

王：这是很多人梦寐以求的工作环境呀！

O：相信是吧，一切都好的工作。即便到现在，不管谁问我，我都说在学校真的是挺好的。

王：不是说说而已，是发自肺腑地说，挺好的。

O：是。我想如果在外面再找一份工作的话，要像这么好的条件，估计很困难了。

王：所以你不是因为工作不顺利离开的，对学校也不怨恨。

O：怎么会怨恨?！我对学校，除了感激还是感激。有几个朋友问过我，你在学校工作超过十五年，学校有没有补偿些钱呀？我说我是自己走的，又不是学校炒我，怎么会给补偿呢?！他们说你跟学校人事部门去磨磨，说不定有其他办法，可以多少拿些补贴呢！

王：没有一点补偿，很多人会觉得亏了！

O：哈哈，如果我想着那补偿，还不如直接怠工，等着学校炒我好了！

王：那样估计你也不会辞职了！你根本没有考虑过补偿的事。

O：一点都没想过。在我看来，学校给予我的，已经太丰盛了，远远超出当初我留校时的预期。我要再多提半丁点要求，都觉得自己太贪心了！我十七岁进校读书，二十一岁毕业留校，三十七岁从学校辞职。二十年，比在老家待的时间还长。结婚、生孩子、买房子，这些所谓的人生大事，都是在学校完成的。

王：学校见证了你从小姑娘成长为人妻人母的过程。

O：是，青春时光都在这里度过。更重要的是，学校给了我很好的历练平台，让我在各方面都得到锻炼和储备。

王：不管是物质精神，还是工作能力上，都得到储备。

O：是的。二十年，我在这里收获了爱情、亲情、友情，还有丰富的人生经历。这些对我都是非常珍贵的，不是用多少钱可以衡量的。您说，我怎么可能怨恨学校呢？

王：嗯，看得出来，你对学校确实有很深厚的感情。

O：是的，只有爱。学校于我，就像母亲一样，即使她有再多的不足和缺点，都不足以影响我对她的感情！

## 世界：内在意识的外在投影

王：你在学校那么顺利，就更让人看不懂你的辞职了。

O：很多人都不能理解，有很多的猜测。说我准备出国的，生二胎的，去做公务员的——这些都算比较正常的猜测了！还有说被领导排挤走的——呵呵，害我亲爱的领导背这黑锅，真是过意不去！更夸张的，说我先生家族有产业，要去继承的。

王：哈哈，成富二代了！

O：哎，我先生也在学校工作，他没辞职去继承家族产业，倒是我这个做媳妇的去继承，想象力也太丰富了！想想都觉得好搞笑。那时候真是切身体会——谣言是怎么产生的！

王：主要是大家得给你找个正当的理由呀！那么好的单位，那么好的待遇，多少人削尖了脑袋想进去呀，连博士也不见得就能进呢！你才三十多岁，都做了几年的副处了，居然还裸辞！是裸辞呀，又不是什么调动工作！

O：怎么看都是脑子进水了，所以得帮我找个理由支撑！

王：是呀，在我，也得帮你想。

O：嗯，毕竟在学校那么长时间，人缘还行，确实很多同事朋友关心我的情况。特别是，我虽然辞职了，但还住在学校里。

王：整个生活环境没有变化。

O：唯一不同的就是不去单位上班，改到市场买菜了！特别是第一年，上班时间去市场，经常会碰到一些退休老师，知道我辞职的说我把自己浪费了，不知道的都以为我逃班呢！

王：哈哈，可以理解，认为你出现在市场的时间不对！

O：是。辞职第一年，整天都要面对“为什么辞职”这个问题，有当面问的，有打电话的。有亲戚、朋友，有老师、同事，有老同学，甚至还有陌生人。我曾经被人在市场和路上拦下来，问你是谁谁谁吗，听说你裸辞了，这么牛啊！

王：哈哈，忽然间成了学校的小名人了！大家都很好奇。

O：那段时间，我真是哭笑不得。

王：完全没有预料到会发生这些情况！

O：根本没想过。我觉得这就是一个私人的决定，怎么会引发那么多猜想呢?！有朋友开玩笑说，你该去写本书，就叫《告别体制》，回答一下大家的疑惑。

王：《告别体制》——这书名还挺吸引人的呢！

O：您就别笑话了！本来以为辞职是一个很简单的事情，突然发现不是那么回事，好像你要向很多人交代。那段时间真的很累，主要是精神上，还有嘴皮上——不断地跟人解释。

王：呵呵，每天都像要应付小报记者一样。

O：就是这感觉——所以看来那些明星也挺不容易的！刚开始，我还挺认真回答的，后来慢慢发现，其实有点多余。是我自己太认真，太把别人的好奇当回事了。

王：什么意思?

O：因为对于我这“出格”的事，大多数人不过是好奇而已，可能成为人家茶语饭后的一点小谈资。真正关心的只有亲人和朋友。

王：他们会担心你最基本的生存问题。像父母，肯定想着你怎么开饭过活呀！

O：是的，就像您担心我一样。但是其他人问你的时候，其实他们心里早就预设了答案。不管你怎么说，别人都只是相信自己心里已有的答案。譬如，别人问，你现在在哪里，干什么呢？我说，在家呀，买菜做饭。

王：没有人相信。

O：是呀，没有一个人相信，甚至连最亲近的朋友都很难相信。大家都说，得了吧，就你，还在家买菜做饭呢，谁信呀?!

王：大多数人会认为，你肯定在哪高就了，只是不愿意告诉他们而已。

O：对。可是，我真的就是在家买菜做饭呀！

王：跟大家的预期太不一致。

O：真话有时候是很难让别人相信的。所以呀，你根本不需要费那么大劲去做解释。

王：别人爱怎么理解就怎么理解吧。

O：对，哈哈就过去了！

王：按一般人的正常思维，你的所作所为就是离经叛道。

O：是呀，很多人都认为我脑子不正常。连我二哥都不敢直接问我，而是问我先生，我的精神有没有问题?!

王：怕你头脑发热干了傻事！

O：呵呵，您一听说我辞职，不也打算把我“扫地出门”吗?! 所以大家的反应，都很好理解。

王：嗯，因为我自己一直在学校里，知道这种情况是非常少的。调动工作的经常有，但裸辞的基本没有。特别是近几年，高校待遇也提高了，人家都说进高校比考公务员还难呢，特别像你们这些名校！

O：确实是，非常难进。我们学校每年对外招聘十个正式编制，都是上千人，甚至几千人报名。

王：真正的百里挑一！

O：是。不过辞职这个经历倒让我成长了不少，让我更清楚看到，其实每个人眼中的世界都是自己选择看到的，跟真相关系不大。

王：佛家说一切皆虚幻！每个人看到的虚幻世界还不一样。

O：嗯，我以前也读过，说什么世界就是你内在意识的外在投影。以前怎么都理解不了，觉得那是很虚的东西，不靠谱。但经过这次不断的解释，我恍然大悟，觉得这句话太正确了！

王：世界就是你内在意识的外在投影。

O：您看，我的辞职，在不同人眼中，有不同的解释。但这些解释，跟我辞职的真正原因并没有什么关系，只是反映了他们自己意识或潜意识对这个事情的解读。

王：其实不是你的解释，是他们自己的解释。

O：是的，是如果他们自己辞职，可能存在的原因。其他事情也一样。我们都可能只看到事物的某一面。是我们的解读，赋予了世上任何事物或事情的意义。它们本身的存在，并没有什么意义。

王：人的意识，主导了自己身边事件的发生。

O：嗯，我想是的。这个认识帮了我很多。第一，不再纠结给别人解释和答案了。

王：你们爱怎么想就怎么想吧！

O：对。第二，认识到自己的所思、所言、所行，对自己才是最重要的。我的所思、所言、所行，构成了我的世界。

别人也一样。我活在我的世界里，别人活在别人的世界里，要互相尊重。

王：这两点认识让你从别人的质疑中解放出来！

O：是的。刚辞职那段时间，疲于应付各方，也挺在意别人的议论和评价，总是试图做解释，自己很累。

王：这种精神上的解放很重要。

O：太重要了，否则就像给自己戴了个精神枷锁。那天我看到一句话，英文的，翻译过来就是“生活远比你看别人怎么过要多得多”（Life is much more than watching how others live）。哇，觉得太精辟了！

王：现在我们很多人就是太关心别人怎么过，没好好想过自己该怎么过！看网络和报纸的娱乐新闻，今天这个明星结婚了，明天那个公众人物搞婚外情了。

O：大家都在围观，都在晒。

王：大家都忙着看别人怎么过，倒很少管自己怎么过了。关注自己，特别是关注内心的时间越来越少，甚至都忘了。

O：有一次，学校有位熟人也想辞职，问我为什么辞，打算干什么。我说，其实您不需要关心我为什么辞，打算干什么，这是您要问自己的问题：为什么辞，打算干什么。她听了我这话有点不高兴，可能觉得我太骄傲了，搪塞她吧！

王：你说的是大实话，人应该问自己要干什么。

O：呵呵，实话实说经常是会得罪人的。

王：所以你辞职背后的真正原因只对你自己重要，不需要向那些仅仅是围观的人解释。

O：我想是的。其实这样对大家都好，大家会有更多时间和精力关注自己的事情。

## 自由与理想

王：我没有预设答案，你就跟我解释一下辞职原因吧！

O：哈哈，您也是有围观者的猎奇心呢，俗人呀！

王：呵呵，反正咱俩现在都是闲人了，闲人闲聊呗！

O：嗯，一定要给原因，简单地说，就是自由与理想吧！

王：自由与理想?!

O：是不是觉得我不靠谱，在用模板回答——“高大上”得有点不切实际了？

王：我们这辈人虽然不怎么谈自由，但还是谈理想的。

O：但是现在的人都不屑于谈理想了！谈理想大多都会招来鄙视的。“我的理想”差不多只限于义务教育阶段的作文题了！

王：哈哈，现在小学生才会写“我的理想”的作文！

O：哎，估计现在连中学生都不怎么提理想了——太不着调，老师会说，认真学习，努力备战中高考才是正道！

王：自由对你也很重要？

O：是的，以前总不能理解，为什么说，“生命诚可贵，爱情价更高。若为自由故，两者皆可抛。”自由是什么东西，可以连生命和爱情都不要?！后来，年龄长了，经历多了，越来越能体会其中真意。

王：没有自由毋宁死！

O：嗯，可能说得有点过，但足见它的重要性。我想，向往自由是天性吧，从婴儿到老人，谁爱受管束呢?！

王：但是大多数人不会这么认真地认为：自由是个问题。

O：一认真考虑，就是问题。学校工作看上去都很好，但我自己，就像一只黄金笼里的金丝雀！

王：没有自由，让你觉得压抑？

O：压抑可能说重了，但不舒畅肯定有。黄金笼里一切都好，只是不能展翅飞翔。您相信吗，从开始转做行政，我就很明确知道，那不过是锤炼自己的一个阶段，不会是我退休时的工作。

王：你这么肯定，为什么？

O：非常肯定。因为还有理想在心中呀！

## 不是原创：老者安之，朋友信之，少者怀之

王：你的理想是什么？

O："老者安之，朋友信之，少者怀之。"

王：嗯，《论语》里孔老夫子言志的话。

O：哈哈，果然是高级语文老师，一听就知道出处！您是不是要笑话我，太不自量力，好高骛远了呢?!

王：你这小样，也太小瞧我了！我怎么会笑话一个有理想的人呢！洗耳恭听。

O：谢谢！很多年前，我第一次细读《论语》，其他什么都没记住，就只记住这句话了。当时读了就跟触电一样，觉得孔老夫子果然是圣人，总结得太精辟了——这就是我的人生方向！

王：顿悟了！

O：豁然开朗！我以前也经常问自己，我这辈子到底要干什么呢？心里一直都是模模糊糊，不成形的，直到读到这

十二字！

王：拨开云雾见青天——所以就毫不犹豫地把它作为自己的理想了?!

O：是的。呵呵，虽然不是原创，有抄袭嫌疑，不过没关系呀，反正想着孔老夫子也不会告我侵权！

王：哈哈，他老人家在天上也一定是很欢喜的——后继有人嘛！

O：不过，我对这十二字的理解，也不属于太正统的！

王：没关系，反正你本来就不是正统的人！

O：哈哈，您这话说得，好像我有多另类呢！

王：不是另类，是异类！

O：好吧，异类！

王：你对这十二字怎么理解呢?

O：我一点都不觉得这十二个字有多高大上。我觉得它很接地气呀！

王：怎么讲?

O：我的理解很简单：对老人好些，对同龄人好些，对年轻人好些。简单地说，就是对大家都好些！

王：哈哈，这么简单直白！

O：是呀。所以我觉得孔老夫子真厉害呢，这么简单的东西，还说得那么文雅，其实就是对大家都好些嘛！您看，和我们在这个世界上的人，就这三类呀：比我们老的，跟我们差不多的，比我们小的。老者安之嘛，就是要对老的好，才能安呀；朋友信之，虽然朋友可能有忘年交的。

王：像咱们。

O：对，像咱们，但毕竟是少数，大多朋友都是同龄的。

我们要对同龄人好，结成朋友，得到朋友信任。少者怀之，就是要善待年轻人啦！

王：哈哈，还第一次听人这么简单直白地解释这几句话。

O：说来说去，也就是善待他人。

王：所以这个理想也不算太不靠谱。

O：呵呵，是呀。不过话说回来，我的理解虽然简单粗暴，但这十二字里面的内涵是很深刻的。什么叫安，要怎么安；什么是信，怎么信；什么是怀，怎么怀。这些都是一大把的学问。

王：那是。仅仅要时时善待他人，也很不容易呢！

O：很难呀，因为人总会发脾气，不是有句话说，“泥人还有个土性呢”！要善待他人，先就得管住自己。

王：人总爱管天管地管人，就不爱管自己。其实管自己是最难的。

O：所以这个理想很简单，但是很不容易呢！

王：理想很丰满，现实很骨感！

## 人生的方向感：有力有处使

O：其实理想对于我，最重要的是让我找到了方向，人生努力的方向！

王：人生的方向感很重要！

O：非常重要，至少对于我自己来说。我觉得，人感到焦虑、恐惧，甚至生无可恋，常常不是因为经济有多贫乏，而是源于人生没有方向的那种无力感。

王：同意。就像一个人待在一个四通八达的车站，揣着一大堆钱，去哪都可以，可就是不知道自己要去哪里。

O：没能力自己就认命了，但有力没处使是非常痛苦的。

王：这种无力感有时甚至是致命的。

O：我以前读过篇报道，说在英国，有个年轻人中了头彩，奖金一百万英镑。他开始寻欢作乐，挥霍人生，三十岁不到就得重病死了。他死前说：人生最大的痛苦，是上帝给你一大笔钱，却不告诉你方向。

王：确实是。没有方向的人生，就像一艘没有指南针的船在大海里航行，随波逐流，既容易迷失，也看不到希望。

O：俗话说“人到中年百事哀”。这种中年危机，表面上看是事业生活出现瓶颈，但我觉得，大多是因为在这个时候，很多人没了奋斗的方向和目标。

王：以前年轻，为了更好的生活、更高的职位奋斗，人生还感觉有方向，有奔头。到了中年，这些基本都实现了，工作的创新性和挑战性都少了，上升空间也非常有限，突然觉得人生失去奋斗方向了。

O：还有一点，很多人回头一看，发现原来为之奋斗的更好的物质生活，并没有带给自己预期的幸福和满足，就更容易郁闷、焦虑了。

王：所以就出现危机了！这个我深有感受。特别像我们这代人，一辈子都放在工作上，一下子退休闲下来，家里也没什么要管，突然不知道自己该干啥了！

O：没有存在感，没有寄托，精神很容易会垮掉。

王：退休综合征就是这样出现的。

O：我爸当年退休不久，就开始失眠、焦虑，觉得身体哪里都有问题，但去医院检查，身体哪里都没有问题。

王：是心理的问题。

O：是，后来医生诊断说是抑郁症。

王：现在情况呢？

O：现在已经十多年了，基本算稳定吧！但还是很容易焦虑，一点芝麻绿豆的事情都会让他很紧张。

王：可以理解。我自己退休后也还返聘呢，在教育管理部门又干了十年，一直到老伴病倒，要全天候照顾。

O：工作是您的生命，您更不能让自己闲下来！

王：有时候工作也是排解烦恼、平衡心情的一种方式，可以分散一些注意力。

O：有所寄托，不会无所事事。对于我，有了理想就有了方向。理想像一盏灯，照亮我前行的路，让我看到自己所有的经历，高低起伏，都不过是在理想道路上的历练和储备。

王：都有特别的意义。

O：是的。像做了七年多编辑，我挺喜欢的，对自己的文字能力是很好的锻炼；转做行政呢，打杂也挺锻炼人的，迎来送往，上传下达，都是门功夫。

王：是综合能力的锻炼！

O：有位领导曾经对我说，你很适合做行政，早该转行。哈哈，我可不这样认为，我想幸亏没早转行。我说，我做编辑的时候，人家也说我挺适合做编辑的。事实也证明，多年的编辑经历积累，对我的公文写作能力有很大帮助。

王：因为很少做行政的人，会有这么长的文字工作经历。

O：是的，每个经历都有它的特别意义。

王：很多经历当时不清楚意义，但过后回头看，就会看得比较清楚，其实是环环相扣的。这一切，都是实现自己理想过程中的宝贵经历。

O：是的，学校的行政工作对我是很好的锻炼，各方面的，但它也只是一个阶段。我会继续往前走，即便前路可能没有那么安逸，还会有各种困难险阻。

王：有理想的支撑，就不容易纠结在一些小麻烦或问题上，也有了克服困难的勇气和动力！

## 走在理想的路上：随心而行，随缘而动

王：你有理想实现的蓝图吗？

O：没有，其实我没什么预期。又觉得我不靠谱了，是吗？

王：没有预期倒就没有失望了，也不赖！

O：我是想，理想实现没有标准答案呀，很难说非得要有个什么结果。理想应该是个过程吧！

王：走在理想的路上！

O：是呀，我们只能走在理想的路上。不会说，到达哪个点，理想就完全实现，你就停下不动了！而且，理想也可以分不同层次，因了不同的机缘，成就的层次自然也会不同。

王：哈哈，最起码，就像你刚才说的，对大家都好点呗！这事可以自控！

O：对呀，对大家都好点呗！所以我的目标是一直走在理想的路上。

王：而不是非要实现某个目标。

O：对。我想从自身做起，一点点积累吧！如果有机缘，也可能会做些社会层面的项目。不排除任何可能性！

王：做一些老者安之、少者怀之的项目？

O：嗯，看情况吧，不着急。耐心等候，随缘就好。

王：这样挺好，既不给自己设限，也不给自己施压。

O：随心而行，随缘而动。

王：你挺会给自己释放压力的！

O：哈哈，我可不想理想把自己压死呀！

王：爱惜着这小命呢！

O：当然，当然！在我，过程远比结果重要！哈哈，每迈出一步，即便是小小的一步，我都会在心里给自己贴个小红花，鼓励鼓励嘛！

王：自我肯定很重要。

O：哈哈，指望别人的肯定实在太难了，靠不上呀！自我肯定最靠谱。

## 那年的世界末日：旧世界结束，新世界开始

王：你正式辞职是什么时间？

O：一二年十二月二十一日。

王：记得这么清楚！

O：那不是传说中的世界末日么，哪能不记得呢！

王：哈哈，你是想着如果真是世界末日了，自己也就一起结束了吧！

O：就是，可共同完蛋的愿望没有实现呀！

王：你倒是想省事。

O：那段时间刚好学院要换班子，我的四年任期也满了，没什么意外就应该续任了。续任我从来没打算过，因为我觉

得这份工作已经完成锻炼我的使命，不需要再重复了。这时候辞，让接任的人可以完整地开始一个任期，于我于工作都是好的！然后，才顺便挑了个世界末日——做个纪念呗！

王：你还挺负责任的。

O：那是！咱又不是撂挑子不干了，走也走得干干净净的，好头好尾嘛！哈哈，我还有个担心，怕再多待几年，万一领导高兴，把我提拔一下，到时自己年纪也大了，估计怎么都舍不得辞了。

王：哈哈，你也太自恋了，还担心自己被提拔?!

O：哈哈，不是自恋，这就是体制内部事物发展的自然规律呀——至少存在极大的可能性嘛！所以在头脑还不太清醒，还有冲动的情况下，赶紧辞了！

王：不担心自己太莽撞了?

O：不是说头脑没想那么清楚嘛，没想就不担心了！如果一犹豫，一认真，一思考，估计就不会干这“傻事”了。

王：就干点正常的事——老实待着！

O：哈哈，就怕待着，也不见得就老实！不过对于世界末日的说法，我的理解一直是旧世界结束，新世界开始。

王：辞旧迎新！

O：别人怎么想我不管，反正我是这样想的。所以，就选定它作为我辞职的日子吧——我的旧世界结束，新世界开始！

王：所以你是坦然接受末日的来临！

O：哈哈，是欣然迎接新日的到来！

## 最坏的打算：穷困潦倒而死

王：你现在出来，社保、医保，还有养老保险怎么办？

O：没怎么办，就自理呗。我也没去社保中心了解情况。

王：你现在还年轻，有没有想过，老了怎么办，病了怎么办？

O：曾经有个老前辈问了我一模一样的问题。

王：这些是最现实的问题！很多公务员或事业单位人员舍不得辞职，社保、医保等保障应该也是考虑最多的因素！我这几年生病了，对这医保体会还是挺深的。

O：是，目前事业单位的保障还是很诱人的。

王：理想可以谈，但是现实也是要面对的。不能把理想建立在虚无之上呀！

O：没有物质的精神是不牢靠的。这个我还是清醒的，还不至于那么形而上！

王：先形而下，才能形而上。

O：我最坏的打算——我是很认真想过的，不是说说而已，就是：穷困潦倒而死。

王：你，穷困潦倒而死？不至于。

O：您也这样说。其实每个认识我的人听了，都这样说。他们说别开玩笑了，不可能的。我说我不是在开玩笑——真奇怪，为什么人常常把真话当玩笑，玩笑又当真话呢?!

王：因为大家都认为那是不可思议的。

O：为什么不可思议呢？这是很认真的问题呀！死是每

个人都无法避免的，人生的最终归宿，我们就不说了。如果我辞职出来，混得很不好，甚至没有能力保证温饱，没有医保社保养老保险，没有家人朋友的支持，所有这一切，我们认为可以给予我们安全感的一切，都没有了，那结果会是什么？

王：穷困潦倒！

O：是呀，这不是很现实的问题吗？

王：绝对不是开玩笑的说说而已！

O：不是。所以我问自己，穷困潦倒而死，你能接受吗？我发现自己很坚定地回答：可以！

王：立马又豁然开朗了！

O：正确！那一刻，我就知道，自己可以自由地做任何选择了。

王：不受束缚！

O：很多人觉得选择困难，是因为患得患失，总怕自己丢了好的，得到差的。

王：如果真能放下，答案倒简单了！

O：嗯，最坏的打算让我没了心理负担。但这并不意味着，我必然要经历和面对最坏的结果。

王：接受最坏的结果，可以让你更坦然面对困难，并不是说你就必然会遭遇它。

O：是的。因为我相信，在生命的过程中，自己一定会不断努力，不断向前迈进。

王：离最坏的结果就会越来越远！

O：是的。就像考试，我能接受不及格，不表明我就非得考个不及格。说不定通过努力，我还能考个优秀呢！

王：所以社保、医保这些在你看来也没有那么重要了！

O：保险，我想主要是在经济上让人有一定的保障吧，而且也只是辅助性的。我不大相信通过购买各种各样的保险，人就可以获得真正的安全感。依靠保险来获得安全感，不见得像很多人想象的那么牢靠吧！

王：真正的安全感来自坚强的内心。

O：嗯，由内而外，而非由外而内。

## 独立与尊重：当家人的支持

王：你先生很支持你的决定？

O：嗯，无条件支持。我之前跟您讲过，我是辞职后才告诉父母的。

王：既成事实！

O：对。但先生的意见，我是需要事前征询和认真考虑的。因为老人家毕竟都不跟我们住在一起，我们也不啃老。但我一辞职，眼下还得先生白养着呢！

王：哈哈，必须先征得当家人的同意！

O：那是，吃饭是最基本的问题！

王：他没有犹豫？

O：没有，一丝犹豫都没有！但凡他有一丝的犹豫，我都不会辞职的。

王：你一向独立，还会这么尊重先生的意见？

O：呵呵，独立和尊重不相违背吧?！很多人都不相信，可能都觉得我比较强势独立吧！但事先征得先生同意，这是事实。如果先生不支持，我自己又坚持辞职，家庭肯定会不和睦。

王：该天天吵架了！

O：肯定呀，一定闹翻天了！我不过是个凡夫俗子，要用家庭的和睦幸福，换取我对自由和理想的追求，目前还做不到！家庭对于我来说还是首位的。

王：哈哈，看来还没做到“若为自由故，两者皆可抛”！

O：差得远呢！呵呵，比较贪心，希望不用抛掉美好的家庭生活，仍然可以自由！

王：你先生很不容易！

O：嗯，他对我一直是无条件的信任和支持。

王：夫妻间能建立良好的沟通和互信，对家庭幸福非常重要。

O：是的，我非常感激他。他既没一官半职，也不大富大贵，不过一介平民。但是他的胸怀，给了我最需要的东西。

王：自由和信任！小时候父母给，结婚了先生给，你确实很幸运！

O：是的，我也一直觉得自己很幸运，感谢老天的眷顾！特别经常是在看不到任何前景的情况下，先生都会相信我，给我最坚定的支持。

王：他是你最坚定的后盾，让你可以毫无后顾之忧地走在理想的道路上。

O：是的。

## 人之美味，我之砒霜

O：好些女性朋友跟我说，她们也想辞职回家，但是老公不同意。我总是跟她们说，老公不同意，可万万不能辞呀，因为你随时可能以牺牲家庭和睦的代价，来换取自己任性的决定。

王：家无宁日了！

O：是呀。作为已婚女人，我向来都认为要以家庭和睦为重。我不赞成大家茫茫然就说辞职，工作遇到点不顺心又说辞职。

王：那是逃避，不是追求更好的自己。

O：并不是说辞职回家，你的问题就都解决了。很多辞职回家的，没到一年就抑郁了，至少郁闷了！

王：因为如果内心没有方向，仅仅因为做得不开心就辞职回家，事实上也是很痛苦的事情。

O：有一次碰到一个邻居，他说，哎呀，你现在的生活，我们怎么羡慕都不过分呀：买买菜做做饭，搞搞卫生上上网。

王：哈哈，标准的全职家庭主妇生活：买买菜做做饭，搞搞卫生上上网！

O：但是买菜做饭搞卫生，当它们成为你生活的全部，或大部分的时候，它真没有听上去这么美好这么惬意。

王：做家务是很辛苦的事情！

O：绝对的！每年就算做三百天，每天做三顿饭，绝对不是个轻松活呀！现在不是说鼓励女性回归家庭吗？不要以为现在有多少职业女性，愿意把自己全部奉献给家里的锅碗瓢盆！身边很多朋友都说，周末在家干一天家务活，比平常上五天班还累！

王：所以现在大部分家庭都是请保姆，请钟点工。

O：是，家务活完全是消耗型、奉献型的，看不到什么成果。就像拖地，拖干净了没人夸，脏了乱了人家倒是说，这女人怎么这么懒呀！

王：很难让人有什么成就感。

O：有个朋友跟我说，她也想辞职。我问，你辞职了干什么？她说，回家给老公和女儿做饭呀！现在太忙了，都顾不上给他们做饭，觉得挺对不起他们的。我说，你这想法太天真，如果仅仅是为了回家做饭，你可千万千万别辞职。

王：辞完很快就该抑郁了！

O：是呀，我说你把自己的生活全系在老公和女儿身上，很快女儿升高中住校，老公又经常出差，都用不着你做饭，那时候你干什么呢？除了整天胡思乱想，刷刷微信，还能干啥？能不抑郁么?!

王：大家都把回归家庭说得太美了！

O：我觉得工作也好，回归家庭也好，人还是要找到自我，要找到适合自己的活法，不要简单地去效仿别人的生活或行动。

王：因为我们看别人，都只看到了表象，看不到表象背后的动机、条件和本质。就像看你辞职，别人只看到了这个行动。

O：嗯，我从来不鼓励大家效仿我，也不会说辞职有多好，或多不好。

王：没有哪种生活方式是绝对好或绝对坏的，只有适合自己的。

O：同意，好坏都是相对的。大家看的角度不一样，好坏就不一样了。像吃榴莲，有人爱不释手，有人拒之千里。

王：人之美味，我之砒霜。

# 关于三年假期

## 给自己放三年假

王：辞了职，你有什么打算呢？

O：还没什么具体打算，先回家做饭，给自己放三年假。

王：放三年假？你对自己真够慷慨的！

O：呵呵，对自己好点，没什么不好吧?!

## 十二年的日托

王：辞职前有买菜做饭吗？

O：有，但不算常态化。

王：家里有老人帮忙，还是请了钟点工？

O：都没有。我孩子从五个月大——我休完产假——一直到读完初一，都是在别人家吃午饭晚饭，吃完再回家。十二年，周一到周五。

王：日托！

O：算是吧！

王：十二年都是在同一户人家吃饭？

O：是呀，很多朋友都觉得不可思议——十二年孩子都托在同一户人家里！

王：这么长的时间确实很难得！你们有很深的缘分！

O：托了这么长时间，我们都成一家人了。他们给我们看孩子，我们也给他们家孩子补习功课！

王：互补。

O：互补很重要。照顾孩子日常饮食是他们的强项，补习功课是我们所能，所以就各自发挥所长吧！

王：你们配合得不错。

O：很不错，没有人是万能的，都需要互补互助。他们是广州人，家里人比较多，公公婆婆，叔叔阿姨，哥哥妹妹，还有很多的亲戚。

王：所以你儿子从小也是在一个大家庭的环境长大的，没有独生子女那种孤独感！

O：是的，非常热闹的环境。他们带孩子很有经验，哈哈，比我们夫妻俩靠谱多了！

王：孩子五个月这么小放到别人家，你们也放心？

O：刚开始也是没办法，我们两边老人都没法过来帮忙，又不好请住家保姆，我要上班了，孩子总得有人带呀！

王：哈哈，那时候你倒没想过辞职回家带孩子？

O：没有，既没这心，也没这条件吧！这家人住在我们隔壁楼，平常会见到，但也不正式认识。婆婆会带自己外孙出来散步，她外孙比我孩子大两岁。有一天碰到，我就冒昧问婆婆，能不能帮我白天带孩子。

王：人家不是专门帮人带孩子的？

O：不是。带我儿子前，婆婆只带过自己的两个外孙。

王：这一带就是十二年，真是一段奇缘！

O：是呀，我非常感激他们。特别是后来我转做行政，工作很忙很琐碎，经常加班或者出差，都多亏了他们一家。

王：让你没有后顾之忧！

O：这个太重要了，对我是很大的支持！有朋友说，几个月这么小送去，万一那家人对孩子不好怎么办，他又不会说，也不知道吃不吃得饱。

王：现在有不少保姆虐儿的报道。

O：但对于我，这些完全不是问题。

王：你不操这个心？

O：不是不操这个心，因为这个判断太容易了！我说孩子虽然小，不会说话，但会更直接反映自己的情绪呀！

王：哈哈，所有问题都诉诸哭闹！

O：太正确了！孩子不高兴，吃不饱，别人对他不好，不愿意去别人家，他肯定就哭呀！像刚送去幼儿园，不高兴，就哭呗！但我孩子去婆婆家，从来都不哭不闹，高兴得很！

王：说明婆婆一家对他很好！

O：对呀，所以根本就不需要担心！而且，别人为什么要对孩子不好呢？孩子整天哭闹，人家也烦呀，也不会愿意带他了！

王：你很信任他们一家。

O：信任很重要。很多朋友都觉得我这种日托模式不错，想效仿，包括我哥。呵呵，不过我妈明确跟我哥说，我这个模式基本不可复制。

王：确实很难。

O：首先，能碰上像婆婆一家跟我们这么投缘的，非常困难——难过中彩票！

王：嗯，基本可以说是撞上的。说不定你们有前世的因缘呢！

O：呵呵，说不定呢！而且，即便真碰上这么投缘的人家，也很难做到像我这样相信别人——把孩子交给人家，就完全放手，不插手不干涉别人怎么带孩子。

王：这个更难，因为人总爱提意见，也会有担心或猜疑。

O：哈哈，我懒嘛！

王：嗯，是因为自由和信任对你自己很重要，所以你对待别人，也同样给予自由和信任。

O：可能吧！我觉得“用人不疑”挺有道理。

王：一疑就容易产生矛盾了！

O：是的。所以即便出现些问题，我也从不怀疑人家有什么不良动机。我总相信，人心都是好的，如果事情看上去不大好，可能是表现的方式或相互的沟通，出了点小偏差，但都不要紧的，不是根本问题！

王：现在这样想人心的人很少了——都觉得人心叵测！

O：呵呵，很多朋友说我，你太好骗了，脑子就是缺根弦！不过我也无所谓，我说如果谁骗我，是他自己造恶，以后恶果是要报到他身上的。我还挺可怜他呢，自己没什么好担心的！

王：哈哈，因果报应！

## 正式上岗：买菜做饭

王：在辞职前，平常你们基本只管自己的饭，周末才管孩子！

O：对。

王：两个大人的问题就比较容易解决了！

O：简单多了，难度系数以几何级数下降！况且您想，我们大学里那么多饭堂呢，轮着都能吃好久了，不愁没饭吃。

王：特别像你们这种读书留校，没怎么出过校园的，吃饭堂是常态！

O：是的，到饭点就敲饭盆打饭去！哈哈，所以住在学校里，个人烹饪水平普遍都不高——有坚强后盾嘛！

王：所以辞职回家做饭，对你也是蛮大的挑战。

O：是的。刚辞职的头半年，孩子还继续在阿姨家吃饭——因为我辞职本来就不是为了买菜做饭的呀！

王：呵呵，别人肯定说你真够懒的，辞职了还不管孩子吃饭。

O：嗯，过了半年左右的逍遥日子！

王：然后？

O：然后儿子读完初一，阿姨家的哥哥也初中毕业了，要住校。他们家搬走了，儿子就只能回家吃饭了。

王：哈哈，终于正式上岗：当真正的全职家庭主妇！

O：哎，关键是儿子从小吃惯了阿姨家的住家饭，不喜欢吃饭堂，更不喜欢在外面吃，就愿意在家吃。

王：挺好挺健康的饮食习惯呀！

O：是呀，所以没办法，不能糊弄人家，只能自己做了！以前周末做一下不觉得，现在天天做，才发现做饭真是门高端技术活，考验脑力和体力。

王：不太享受这个新工作！

O：偶尔为之，你可能挺享受做饭的。但是要从周一做到周七，早中晚三餐——谢天谢地，我们家没有吃夜宵的习惯，那比上班还规律呢！

王：还不能请假，或者迟到早退！

O：对，还得掐时间点。做饭就不是什么享受，完全是另一回事了！

王：成负担了——哈哈，看来适应做饭这主业不容易呀！

O：挺难的，特别是头两三个月，简直是疲于奔命，主要是精神上的。

王：比上班还累！

O：累多了！上班的时候还有办公室同事给你帮忙呢，现在就是自己一个人的战场。每天满脑子想的就是买什么菜，煲什么汤，吃什么主食……而且更可恶的是，儿子吃早餐就问，妈妈，午餐吃什么？吃午餐就问，晚餐吃什么？

王：哈哈，吃晚餐又问明天早餐吃什么？

O：就是就是。那时候简直要崩溃掉了，觉得你这孩子怎么整天就只想着吃呀，还没吃完这顿就想着下顿了！我心里想，你这孩子就不能想点别的吗，譬如数学题怎么做，英语单词怎么背啥的，有些“高尚点”的追求好不好嘛！

王：哈哈，你自己紧张，觉得人家哪壶不开提哪壶！

O：可能是。估计孩子那时候对我也很不放心——担心自己的伙食水平不知道会下降到什么程度呢！

王：哈哈，这个不靠谱的老妈！

O：对，只是孩子挺懂事，嘴上不说而已！那时候，我们家每天固定讨论三个永恒的“哲学”问题：早餐吃什么，午餐吃什么，晚餐吃什么！

王：既然这么辛苦，没想过请钟点工？

O：您可别说，这念头我还真没动过！这点自觉性我还是有的——自己都全职在家了，不挣钱，还要花钱请钟点工？

怎么说都说不过去吧！

王：就当你们家请了你这钟点工了。

O：不是钟点工，是全职保姆！

王：所以，回家做饭对你是进行了一次洗礼。

O：嗯，彻底的洗礼——里里外外的，很好的锻炼！

王：现在基本适应了？

O：过了两三个月就基本适应了。虽然还是要想做什么，但是熟练程度肯定大大提升了——经验多了，当然，教训也多了！至少做起来，没有刚开始那么毛手毛脚，手忙脚乱的！

王：水平也大幅提高了！

O：呵呵，反正自从我正式上岗后，我们家外出吃饭次数就直线下降了。一般是年节，或者朋友聚餐，才会到外面吃。我先生和儿子也从来没闹过要出去吃饭，改善伙食什么的。

王：这算充分肯定了，说明水平确实不算太糟糕！

O：还凑合吧！哈哈，我先生和儿子都比较宽容，对我要求都不高。只是有时候儿子会客气地说，菜式可以创新一下！

王：哈哈，委婉地提出改进意见！人家也不敢高要求呀，万一你不乐意，甩手不干了，不更麻烦了！

O：哈哈，估计也有这想法。不过我有时候也想，同一件事情，不管是什么，如果你天天做天天做，做个两三年的，再差也有个限度吧！更何况，水平先莫论，我自问做饭态度还是认真的，挺用心，得自我表扬一下。

王：是不是日久生情，爱上做饭了?!

O：爱上做饭说不上，但肯定不讨厌，不焦虑了，再加上一点点喜欢吧！

王：毕竟有了些底气！

O：嗯，我想，人如果非常讨厌做某个事情，一部分原因是真不喜欢，但另一部分原因，很可能源于自己没有做好它的能力吧！

王：因为不擅长，容易生出厌恶和排斥。

O：其实是逃避和抗拒，只是我们自己经常不愿意承认而已。像做饭，我原来不大愿意做，一定程度也是因为自己做不好吧！

王：没有底气！

O：是，没有底气！如果是一个人很擅长某样东西，一般都不会厌恶，或不愿意做，即便可能不是很喜欢！

王：嗯，兴趣和水平相辅相成，越有兴趣就越愿意做，越愿意做就做得越好，形成一个良性循环。

O：就是这个理！

## 副业：读书写字

王：你是全身心投入到买菜做饭这个全职工作去了！

O：还行，毕竟是主业嘛！不过偶尔也偷闲折腾些副业！

王：都这么围着锅灶忙乎了，还有时间折腾副业？

O：哈哈，像您说的，工作有时候也可以调节、平衡一下心情嘛！如果每天把全部注意力都集中在买菜做饭上，估计没多久我自己真该抑郁了。

王：至少是郁闷了！

O：还好，中间捣鼓些小副业，分散一下我的注意力！

王：都干了啥副业？

O：读书写字是最主要的副业，比较常态化。

王：可以让你暂时从锅碗瓢盆中解放出来！

O：是的，即使是短暂的解放，也很重要！

王：满足完物质，还得考虑精神需求！

O：是，一天不读书，心里也会空落落的！

王：这个我深有体会。你每周还坚持去上书法课？

O：去呀！哈哈，我已经够懒的了，都蜗牛爬了，每星期一次课还不坚持呀！现在在家有时间，偶尔兴起也拿一下笔，练习练习，争取从蜗牛爬变成乌龟爬！

王：你真是“宽以律己”呀！

O：哎呀，我也想对自己高标准严要求呀！可明知自己达不到，就不要自欺欺人了。放低标准，至少自己心情愉悦嘛！

## 头脑发热：没有学分的选修课

王：除了读书写字，还干啥了？

O：去看望朋友呀！我不是跑了趟华东嘛?!

王：哦，对，纯粹去看朋友！没干其他别的什么了？

O：有呢——头脑一发热，跑去开了门课，当了回老师。

王：哦，想转行当老师了？

O：呵呵，您想多了！很多人听说我去开课，都以为我原来想从行政转行做老师了。

王：正常推理——当然，在你这异类身上都不管用！

O：我现在都被您归为异类了，真可怜！但事实就是自己头脑发热干的事。哎，说真话真是难呀！我说起这事来，别人不但不信，还都觉得不可理喻！

王：开课当老师有什么不可理喻的?!

O：开课当老师本身没什么不可理喻，但我去开课，是去开了门选修课——没有学分的选修课。

王：没有学分的选修课？嗯，这个有点奇怪。

O：是呀，所以才说别人会觉得不可理喻嘛！那课没有学分，也不要求学生注册，来去纯属自由自愿。

王：没有学分，不注册，怎么保证有学生来上课呢？你的课怎么维持下去呀？

O：这些都是头脑清醒、认真考虑后，才会出现的一系列问题。

王：哈哈，你都是赶在头脑清醒、认真考虑之前，先把事情做了——像你裸辞！所以对别人可能是个问题，对你是没有问题的，因为你压根没想过。

O：哎呀，都被您琢磨透了！是的，在我认真考虑前，就把这事确定下来了，完全是跟着直觉走！

王：别人会说你冲动！

O：那是温和的说法，一般会说莽撞！

王：你为什么想开这课呢？

O：我一开始也不知道为什么呀！一三年四月，一天早上，我坐在书桌前准备看书，脑子里突然就冒出这个念头：去开一门课，课程名称、授课学院、授课语言，这些要素都很清晰。

王：毫无来由冒出的念头？

O：是，毫无来由的！这念头先把我自己吓了一跳——

我辞职前压根没想过要去当老师呀！我一无教学经验，二无教师资质。而且您说，我闲云野鹤这么逍遥——有这念头时还没开始全职做饭呢，没事瞎跑去人家学院，开个没有学分的选修课，图啥呀，何苦呢?!

王：自找麻烦！

O：自讨苦吃！

王：嗯，这种课还很可能开不成。

O：是，开不成才是正常情况，开成了倒不正常呢！但是这个念头太强烈了，完全不能忽视，整个上午都在我的脑子里晃悠！开门课？我想，这也太不靠谱了，先别管它，说不定到下午它就自动消失了呢！

王：你也还是想逃的?

O：当然想逃呀！就算我脑子缺根弦，也知道这事有多不靠谱呀！

王：但它挥之不去?

O：简直是阴魂不散！刚睡完午觉起来，它又跑出来了，而且更清晰更强烈了，就像死赖在脑子里不走了。

王：没法删除，逃不掉了！

O：是的，既然逃不掉，就面对吧！这是我通常的态度。

王：还挺积极的态度。

## 当面聊聊这“荒唐”的事

王：你要怎么面对呢?

O：根据脑子里的信息，我先给要去上课的学院院长发了条短信，说想见个面，聊聊一些课程的事。

王：要先征得人家学院的同意。

O：对呀，要不往哪开呢?！刚好第二天他们新班子有个工作会议，院长让我过去，一起当面聊聊。

王：院长事先也不知道你要去干啥?

O：不知道。我在短信里没说具体情况——也不知道该怎么说呀！

王：当面聊比较容易讲清楚。

O：嗯。我见到他们，直接就说我要去他们学院开个选修课，用英文讲，关于幸福的，叫 *English and Happiness*（英语与幸福)，没有学分，不要求学生注册，不考试，不拿课酬——学院负责我往返广州和珠海的公共交通车费，还有一个盒饭作为晚餐！

王：还知道考虑自己的吃饭问题！

O：不说了嘛，吃饭是我等凡人最基本的问题。每周一个晚上，一次一个半小时。所有这些，就是在我脑子里有的信息了。

王：哈哈，你的告知方式真够“简单粗暴”的！

O：我不喜欢拐弯抹角的。

王：他们就同意了?

O：我说完，人家院长问 motivation，就是开课动机。

王：院长还挺清醒的！

O：搞 IT 的，绝对的理性思维践行者——思路清晰敏捷！我心里说，拜托，我也想知道呢，自己脑子有啥动机呀?！

王：本来就是头脑发热！

O：但嘴上不能这样说呀！刚开始我还扯了几句场面话，

说什么幸福对人很重要呀，你们作为工科学院，也需要一些人文课程吧，我自己也想做些新尝试呀！

王：哈哈，你也挺能扯的！

O：嘻嘻，多年做行政写公文的经历，锻炼了一定的扯淡能力！不过扯了几句，我自己就先受不了了！

王：哈哈，太虚假！

O：对，太没演戏天分了！所以，我就直接告诉他们，我没有 motivation，只有 intuition——直觉。

王：直觉！他们肯定也很奇怪吧？

O：估计听得莫名其妙吧！

王：但最后学院还是同意了？

O：同意了。呵呵，他们是在珠海的新学院，反正开的课也不多，多我一个估计也影响不大吧！

王：权当给学生多个选择了！

O：是的。头尾不到二十分钟，我们就敲定了，下一个学期，也就是九月，正式开始上课。他们在选修课的课表上，把我这课列上去。我问一个课程大概是多少周，他们说十二至十六周。我说那就十二周吧——呵呵，最低限度。

王：还是贯彻你“宽以律已”的精神！

O：老天，我不是您这高级教师呀。十二周，对于我这菜鸟，已经是“亚历山大”了！

王：人家学院估计也没开过没有学分的选修课吧？

O：没有。呵呵，我估计整个学校都没开过吧——您说正常的老师，谁会去做这等不靠谱的事呢?!

王：那是，因为你是闲人，不在体制内，不需要考虑太多的东西。

O：关键是头脑发热，才会去做这么“荒唐”的事情！

王：他们没有担心，如果开不下去怎么办？

O：呵呵，估计心里都是担心的，不过嘴上倒没说。可能也碍于情面，不好意思泼我的冷水吧！

王：哈哈，人家想着，反正到时真没学生来，不用他们说，你自然就会知难而退了，所以就随你折腾去吧！

O：是的，万分感谢他们给我这个折腾的平台。

## 那点点可循之迹

王：其他学院不见得会支持你这样干！

O：很难。后来回头看，其实直觉告诉我的所有信息，都是有根据的：课程内容——关于幸福，这是我这些年来一直关注的主题，阅读和思考很多都在这个范畴。

王：有一定积累。

O：嗯。哈佛大学的幸福课很火，是最受欢迎的选修课。我在网上看了两遍，深受启发。

王：估计那时候潜意识已经有这想法了！

O：但是自己完全没有教学经验，根本不可能去上课的，所以在我的一般意识里，从来没想过有一天要真正走上讲台。

王：从常理，或者理智地看——当然这些跟你这异类都没什么关系——你是肯定不能去上的，还是在大学里。你的胆子，还有学院的胆子，都够大的。

O：哈哈，无知者无惧呀！虽然看上去任意妄为，仔细想，还是有点点迹象可循的。像授课地点，这是个新学院，又在珠海，对我这种无关痛痒的课，不大会拒绝。

王：反正是主动送上门的！

O：而且我辞职前就跟院长很熟悉，互相比较了解，沟通起来会方便些。

王：有信任基础！要换了其他学院，领导就不见得这么容易同意你去开课了。

O：那肯定的，即便是免费送上门的课！

王：你以前也不是专任教师，更何况现在还从学校辞职了——说起来也不够格呀！

O：是呀，万一搞砸了，我关系倒不大，但对学院的影响肯定不好。如果再有学生告个状什么的，领导都得担责呢。所以我真的特别感激他们学院！

王：他们对你的信任很不容易！

O：是的。还有课程形式——没有学分的选修课。

王：这听上去是不可行的！

O：但是因为没有学分，我就可以很自由了，不用考虑给学生布置作业、考试什么的，也不需要进入学校的教学评估体系。

王：这样对你和学院都不会构成太大压力——减压模式！

O：绝对减压！还有每周一次，一次一个半小时，这是作为课程的最低要求了，也是我这菜鸟老师能够承受的最大极限了。

王：哈哈，一次上一个半小时，也就是两节课。对你这样一个没经过任何训练的新手，确实是不小的挑战。

O：是呀，您做了一辈子老师，最清楚了！最后是课程语言，用英语。

王：因为你的英语很好。

O：不是，您高看我了，绝不是因为我英语水平还行。哈哈，是因为如果用中文讲，估计第一节课就没有学生来听了！

王：用英语开课，可能会有学生抱着学习英语的想法来上课！

O：完全正确——这样我的课才有生存下去的希望呀！后来事实也证明，确实存在这样一些学生。

王：嗯，你现在分析起来，确实还蛮有道理的。但是刚开始出现这个念头的时候，你看不到这些关系吧？

O：完全看不到！这些都是上完课以后，回头看，才慢慢明白、理解的。

王：原来每个信息都有它的意味！

## 分享：让人生更丰富

王：听上去你的课程可以顺利开张啰！

O：呵呵，敲定开课很顺利。

王：不到二十分钟！

O：但之后问题马上就来了：具体这课怎么上，上什么内容，准备什么资料——这些信息，我脑子通通都没有收到呀！

王：但这些才是课程真正实施的重点！

O：是呀，可我心里完全没谱！

王：哈哈，直觉只告诉你要去上这课，其他的就麻烦你自己搞定了！

O：就是这样！哎，我就想，这直觉真不够义气，怎么有一茬没一茬的，帮人也不帮到底呀！

王：但你已经把话说出去，课程都上选修课表了，肯定逃不掉了！

O：嗯，只能硬着头皮上了。

王：准备时间还比较充裕，有四五个月呢！

O：呵呵，看上去是四五个月，但因为各种杂事，特别是自己的惰性，从四月，晃到八月，都没正式开始准备。其实也有畏难情绪在作祟，还有点小焦虑。

王：这个可以理解，毕竟你以前从来没正式上过课嘛！

O：嗯，小小郁闷之后，该干啥还得干啥，因为离开课已经不到一个月了。

王：迫在眉睫！

O：真是，有时间紧迫感了！一开始就写讲稿吧，以前做行政，还是常常给领导写发言稿的。

王：但是上课不是领导发言呀！要考虑学生的接受。

O：哎呀，菜鸟嘛，哪有这么多想法！知道开始准备讲稿，就已经很不错了！

王：好歹算是正式上路了。

O：嗯，我又再看了一下哈佛教授的幸福课。

王：看看能不能取些经。

O：对。看了大半天，发现人家的精神可以学习，但教学内容完全不具可参考性。

王：为什么？

O：因为人家是心理学专业教授，课程的正式名称是"积极心理学"（*Positive Psychology*），是专业的选修课，有完整的理论支撑。学生学习的，是一门基于科学理论的心理学课程。

王：但是你完全没有这样的学术背景，也不可能上专业的课。

O：所以说不具可参考性呀！

王：呵呵，偷师不成！

O：是呀，还得靠自己！我就想，专业课肯定不能上了，那我能上什么呢？您别说，就这样一直想一直想，答案很快就出现了——分享（sharing）！

王：分享？

O：对，我不用去说教，只要分享就好了——这是我能够做，也非常乐意做的。他们都是十八九岁的大学生，我比他们年长二十岁，可以跟学生分享自己的人生经历，对人生的思考，对幸福的感悟。

王：终于找到方向了！

O：准备期间又读到佛陀的一句话：一根蜡烛可以点燃成千上万的蜡烛，本身的寿命并不会缩短——幸福从来不会因为分享而减少！

王：更坚定了分享这个方向！

O：是的。我也一直相信，通过分享——不管物质上或精神上，我们会拥有更多，人生也会更加精彩，更加丰富。

王：这个方向确实很不错，倒挺适合你这种非专业老师的。因为你既没有专业背景，也没有教学训练，真要像专业老师那样，你既做不到，也做不好。

O：自己也一定会很痛苦！哎，您这样的资深老师，一眼就看穿了，像我们这种菜鸟要想浑水摸鱼，肯定混不下去呀！

王：嗯，人就是要找到自己能做、愿意做，还擅长做的，才能把事情做好。

O：是的。确定分享为方向后，我立马觉得压力卸了大半。

王：方向很重要——感觉前路一片光明了！

O：确实是豁然开朗。因为如果把自己定位为“传道授业解惑”，这么“高大上”的责任，结果肯定是没上两次就把自己压死了，更别提要上满十二次课了。

王：哈哈，得量力而行！

O：不过虽说是分享，但毕竟还是个全新的东东，怎么分享也是个问题。总不能把自己的经历跟流水账似的倒出来呀！

王：得确定个课程主题、框架、内容、进度什么的。

O：哈哈，那是你们专业老师才干的事，我这菜鸟哪里有能力想那么多那么远?！一开始没有概念，就是确定几个主题，满脑子就是怎么把第一次课先折腾出来，后面的压根没来得及想！还有个要命的问题：不知道一个半小时到底能讲多少内容。

王：没有经验把控总量！

O：嗯，写了些内容，在家一试讲，发现远远不够呀！天，一个半小时，原来是很长很长很长的时间呀！

王：哈哈，终于理解什么叫“度日如年”了！

O：我是“度时如年”！当时头彻底大了——还得不断增加内容！

王：要有提问，和学生互动，看些视频什么的，课程就会比较饱满，时间也好过些。

O：哈哈，这些都是后面慢慢体会到的——实践确实出真知！反正好歹把第一节课折腾出来，在家试讲了四五遍，感觉整个人都掉了层皮似的。觉得当老师真的太不容易了——对老师更加肃然起敬了！

王：要不人家说台上一分钟，台下十年功呢！有没有后悔自己当初的头脑发热呢？

O：哈哈，后悔倒真没有——这不是我的习惯，因为一点不管用呀！

王：实用主义者！

O：那是，我总不能跑去跟人家院长还有学生说，哎呀，这活我不干了，请你们把这课撤了吧！哈哈，这也太窝囊了，多少还有点自尊呢！

王：哈哈，有点自尊也不错！

## 那十二次过山车

王：那第一节课还算顺利？有多少学生参加？

O：还行，一三年九月二十五日，周三晚，第一节课。反正是对付过去了。学生还不少呢，可能是新生刚开学，晚上也没什么事干，来凑个热闹呗！课室座无虚席，后面还都站满了人，估计总共有七八十人吧！

王：很好的开始呀！对你应该是很大的鼓励！

O：完全不是，是很大的压力！

王：为什么？你应该觉得开局不错呀！

O：如果只是一次性的讲座，那确实很好，也很简单——不管好坏，学生都会来捧场，不过一个半小时，上砸了学生也顶多抱怨几句，不会有太多意见。

王：但你这不是一次性的讲座，是系列讲座。

O：对，我这是个完整的课程呀，后面还有十一次课呢！来上课的人数肯定是要往下走的，这个我倒有思想准备。

王：这么悲观?!

O：不是悲观，就是现实。第一次来这么多人，已经出乎意料了。我很清楚，大多数学生只会来看一次热闹。撇开课程内容和我授课水平不说，就这课，既没学分也不要求注册，仅此一点，就可能没有人来了。这是大学的现状，是很现实的问题。

王：嗯，现在很多学生，的确是为了挣学分才去上课的。

O：可以理解。要挣够学分，学生才能毕业啊！

王：没有学分，学生能坚持来上你的课，只有一个原因，他能切切实实从你的课程中有所收获！

O：是的，但即便有所收获，现在学生活动很多，但凡有点私事，或社团活动什么的，他都有可能不来了。谁都不能保证，周三晚上一定来上你的课呀！

王：凭什么——你们之间又没有任何约束力。

O：嗯，如果认为来上课的学生会很多很稳定，那我肯定是掩耳盗铃——自欺欺人了！所以我跟学生说，只要有一个学生来，我都一定会把课上了。

王：是先把自己逼到绝路上。因为如果一个学生都不来，你这课就没法上了。

O：是呀，总不能对着空气上课吧——还到不了那个境界！所以上这十二次课，我就跟坐过山车似的！

王：因为每次上课，你都不知道有多少学生会来！

O：不是有多少，是压根不知道有没有学生会来！

王：一切都是未知数。但最终你还是坚持下来了！

O：是的，特别感激那群可爱的学生！上了四五次课以后，我发现有十多个学生是比较固定的，连位置都很固定。

王：呵呵，有了些小粉粉——心里有点谱了！

O：嗯，这个对我来说太重要了！固定的学生群体，说明还是有部分学生愿意来听这样一个课的。学生并没有大家所认为的那么功利。

王：最少的一次有多少学生？

O：六个。那天晚上他们学院临时安排了个讲座，好像是邀请了某个大 IT 公司的高管，刚好跟我上课的时间冲突了。快上课的时候，有几位学生发来请假的短信，我挺开心的。

王：收到学生请假还挺开心？

O：当然啦，请假说明他们心里有这课，把这当回事呀！

王：不是爱来不来的！

O：嗯，我跟那六个来上课的学生说，你们也去听讲座吧，机会很难得。如果我是你们，也会选择去听讲座的。没关系，老师提前一班车回广州就好了。

王：你平常都是当天来回？

O：是，一般下午三点的车去珠海，晚上九点的车回广州。但那六个学生特别坚定，说老师，讲座都有录像的，之后可以看——更何况，那些专业英语我们现在也听不懂。我们还是听您讲课好了！我当时眼睛就湿润了。

王：很感动！

O：是呀，学生这样说，对我就是最大的鼓励了！

## 安全着陆：感谢那些可爱的课程小白鼠

王：你的课程后来一直保持小班规模？

O：课程过半后，就基本保持在十多人的规模了，每次会有波动，但不大。这也是我所期望的，因为小班，跟学生有更多直接的交流，也让我记住了这些学生的名字。

王：哈哈，现在老师能记住选修课学生名字，不多见了！

O：是，现在大学选修课多是大班制的，动辄一两百人。

王：老师连学生的脸都认不全，更别说记住名字，或者有更深入的接触和交流了。

O：课程结束后，我跟这些学生建立了良好的关系。我也告诉他们，这是我第一次真正走上讲台讲课，他们是我的课程小白鼠，非常感激！

王：哈哈，课程小白鼠，有趣！

O：嗯，他们太可爱了！因为这门课对我是一次人生实验，没有他们的支持和参与，我就没法实施了！

王：没有实验对象！

O：是。互相支持，共同成长，很重要。

王：实验还挺成功！

O：还不错！一三年十二月二十五日，圣诞节，也是我第十二次课。

王：这么有纪念意义的日子！

O：我跟学生说，你们如果有圣诞活动，我们就改天上，但他们都说不用，所以我们就以最后一次课作为圣诞活动啦！

王：圣诞结课——太美好了！

O：是呀，真是人算不如天算！老天总会有很好的安排——挑个这么好的日子，让我来结束课程。那天最后一节课，我们开了个分享会。

王：做个总结。

O：是，每个人都聊一下自己的课程体会。学生的分享都很感人！

王：都是有感而发。

O：有个女生说，每次上完我的课，她都会跟家人打电话，她的爸爸妈妈，还有姐姐弟弟，分享我上课讲的故事、感悟等等。我当时听了，真的很感动。因为我从来没想过，自己的课会让学生在课后和家人分享。

王：影响走出了课室——超出你的预期！

O：哈哈，菜鸟上路，哪敢有什么预期——能坚持把课上完就是我最大的预期了。

王：坐完过山车安全着陆！

O：是，卑微的期望——安全着陆！我也分享了我的体会，谢谢他们对课程的信任和支持。

## 幸福到了云端：三个月痛并快乐着

O：我跟学生说，有两位外国作者——其中一个就是哈佛大学幸福课的教授，他们的著作对我的课程有很大帮助。为了表示感谢，我从网站找来他们的联系邮箱，给他们发了感谢信和新年祝福。

王：用行动去感谢一个人，不仅仅是放在心上。

O：我想感激不仅要有心，行动也很重要。

王：甚至更重要。

O：我跟学生说，送不送达，别人回不回复，其实都不重要，重要的是自己用了心、尽了力。

王：去表达你的感激！

O：是。做自己能做的就可以了，不用担心自己控制不了的，譬如事情的发展和结果。

王：哈哈，还是实用主义——因为担心不管用！

O：对呀，咱一辈子的时间也不多，不管用的事情还是少操心。哈哈，不过后面有彩蛋哦：那两位作者都给我复了信，还是私人回复呢！收到他们的回信，我好开心呀！

王：又中彩了！

O：哈哈，常常能中些这种人生的小彩，幸福指数蹭蹭蹭地往上爬呢！我在信里告诉他们，自己开设幸福课的具体情况，谢谢他们的著作给我的启发和帮助。

王：你不仅仅是感谢，还把前因后果给人家说清楚了！

O：呵呵，场面上的感谢意义不大，也不用这么费事说。

王：如果不是发自内心，你也不会跨洋过海地说声谢谢！

O：是的，而且我也想跟他们分享这几个月的经历。他们回复都说很感动，鼓励我继续随心而行。其中一位作者还让我不用太介意参加课程学生的人数，说与学生建立友谊很重要。他相信爱会以各种方式传播出去。

王：很感人，他们也不是说场面话，或模板回复。

O：是呀。我在分享会上，给学生们念了这两位作者的回信，感觉挺好的。

王：学生们也一定受益匪浅。

O：哈哈，还学以致用呢！我在元旦前再见他们，有十多个学生给我送上了感谢卡，还有个学生手写了一封很长的信。我真的好感动呀——呵呵，回家看得我稀里哗啦的！

王：从你的课程里，他们确实有真正的收获！学生的成长和感激是对老师最大的嘉奖。

O：确实是。有个男孩，每次上课都到得很早，坐在同样的角落，沉默寡言，一直到分享会才说话。后来，他写了张小卡纸给我："谢谢你，欧老师。谢谢你在这学期与我们交流你的人生故事，感谢你的精心备课，教会我们一些全新的人生态度，让我们面对失去的机会。"您知道，我根本没想过，这样一个不善交流的学生，会跟我说出这样感谢的话！

王：那种幸福感不是用金钱可以衡量的。

O：完全不可能衡量！哈哈，那时候真的感觉自己幸福到了云端！

王：完全可以理解！所以你这幸福课，首先给自己带来幸福！

O：嗯，三个月痛并快乐的历练，巨大的幸福感！

## 迈出第一步，已经成功了一半

王：几个月的历练，你从中也有很大的收获。

O：非常大。首先因为要分享，要对自己的很多经历进行回顾，对自己的思想、幸福观有了更多的思考和梳理。

王：有个说法，"教是学的最好方法。"因为你要去教，所以必须先厘清思路，倒逼着自己去思考，去学习，去梳理。

O：真的是这样。如果不是上这门课，我想自己不可能这么系统地梳理自己的思考，或者人生感悟。还有个很深的感触，最难的是迈出第一步。

王：迈出第一步，其实已经成功了一半。

O：嗯，迈出第一步之前，我发现自己内心充满了恐惧和焦虑。但真正迈出去之后，发现好像也没有那么可怕，或者困难——是我的想象把自己吓坏了。

王：自己的想象给自己造成恐惧，成了行动的障碍。

O：是的。其实不管出现什么情况，只要迈出去了，你都能挺过去的。

王：人的潜力，常常比自己想象的要大得多！

O：不可估量！还有一个收获，有时候先把话说出去，不见得是件坏事。

王：什么意思？

O：就是在做之前，把要做的事情先告诉别人了。

王：哈哈，就像你，没上课，先把要上课这事昭告一下大家！

O：对呀，就是让自己没有退路。您想，人大多还是会好面子的，没法子了，就只能想方设法地把它实现了。

王：哈哈，好面子也会成为动力！

O：任何情况都可以转化为前行的动力，不过是取决于我们的选择。

王：虽然一开始看上去有点莽撞，但可以在外部形成压力和监督力。

O：是呀，而且人总是有畏难情绪和惰性的——呵呵，人性的弱点嘛，仅仅靠内在动力和自律，有时候还不足以成事。

王：关键时候需要别人给自己狠狠地踹一脚！

O：哈哈，是的，踹一脚也是反向助力。

王：呵呵，你的思维经常反向。

O：懒人自有懒人的活法。

## 相信那“不靠谱”的直觉

O：还有一个收获，就是相信直觉。

王：不断验证你跟随直觉的正确性！

O：倒没有什么正确性。只是确实让我看到，直觉开始可能常常不可理喻，但很可能把你带到理性思维所不能到达的领域。

王：哈哈，它一直很傲娇地向你展示它的不可思议，和理性分析的“欠缺”！

O：是的，虽然一开始我也常常看不懂，不知所以然。

王：不靠谱的念头！

O：以前就老怀疑自己胡思乱想，老说怎么可能呢！

王：后来发现真的可能！

O：是的，次数越来越多，很多原来认为不可能的事，真的是可能的！之后又读了些书，里面有很多关于直觉的描述和体会，让我深有同感。

王：像《与神对话》里说的！

O：是，里面关于直觉的态度，对我影响确实很大！自己慢慢开始更客观地观察，发现直觉确实是存在的。

王：像我之前不相信直觉，你说了，我才开始注意。

O：很多东西不是不存在，只是因为我们不相信，不以为然，不注意，所以它就不存在了。

王：我们的感受也是内在意识的反映。

O：因为直觉超越了理性思维和普遍意识，没有经过思维的过滤，所以经常不好理解，或者难以接受。但也因为这样，直觉更纯粹，更直接，会更多更真切地反映潜意识或超意识的世界。

王：虽然说不清原因，但却能真正感受到。

O：是的。读了书上的描述后，我就开始有意识地留意、观察、感受，还有事后反证，逐渐发现直觉还是可以信赖的。

王：你的直觉很强。

O：不是，都是凡夫俗子，大家都一样的。可能我选择相信直觉的程度更大些，所以看上去就好像直觉更强。

王：我以前一直认为自己没什么直觉能力。

O：那是因为您理性思维能力太强大了，已经形成了理性思维的习惯，多数时候把您的直觉直接覆盖掉了。

王：嗯，我们从小培养的就是理性思维。

O：您看，小孩子一般都有很强的直觉能力。他没有逻辑推理，也说不出原因，但是做出的选择往往是对的。

王：你认为，是因为小孩子受到的理性思维训练还比较少，直觉能力还没有被蒙蔽？

O：是的。现在不论社会，还是学校、家庭，只要被认为不符合正常理性思维范畴的东西，就全部要摈弃掉。

王：不可“理”喻的事情是绝对不能干的。

O：甚至不鼓励大家相信自己的感受。

王：当理智和情感发生冲突时，要相信理智——理智地做一件事！

O：所有人都这样说，父母、老师、朋友，整个社会！

我们自然而然就会认为：理性范畴内的事才是合理的，感觉是靠不住，非常不理智的。“跟着感觉走”——那只能出现在歌词里！

王：更不用提什么直觉了！嗯，所以我们常常很痛苦，因为做出来的事情，有时候根本不是内心想做的事情。

O：其实每个人都有直觉能力，或是直觉的潜力，只跟自己选择有关。

王：大多数人可能会选择把它们当作胡思乱想——直接删除！

O：是呀，特别是男人！大多数男人根本不相信有直觉这东西存在！

王：女人常常会被认为比男人更有直觉力。

O：因为她们选择相信。哈哈，女人本身就是“不可理喻”的生物嘛！

王：你这样说，倒也有些道理。我想到，就像电波，现在我们周围都有各种各样的电波，但是我们听不到。能听到的声音，只是非常非常少的一部分。

O：因为接收不到它们的频率。

王：很多动物都比人敏感！

O：能接收到更多的频率。

王：嗯，一旦对准频率，像收音机调频，就会非常清晰。

O：就是这个理——其实也还是可以“理”喻的。一些高僧能看到或感觉到一些我们普通人看不到的东西，或者过去未来。一般人会觉得很神奇。

王：也有人会认为是迷信。

O：我倒觉得很正常呀，只不过是大家接收信息的程度和能力不一样而已。这些大师通过修行，受外部干扰更少，内心更纯静更开放，有能力接收到比普通人多得多的信息。仅此而已，没什么好大惊小怪的。

王：像狗的嗅觉、听觉，都比人要灵敏得多！

O：嗯，我们普通人跟大师们的区别，只是层次或程度的区别，本质是没有区别的。

王：如果选择，每个人都有可能到达更高的层次。

O：只是时间问题。

王：呵呵，可能修炼一辈子也到达不了大师的境界！

O：哈哈，当然，咱也不知道人家大师都积累了多少辈子呢！每个人本质都是一样的，只是走的路不同，速度也有快慢，程度不一样。

王：无论怎么样，你选择了听从直觉的指引，让自己的幸福课发生了！

O：哈哈，是的，让自己痛快地幸福了一把！

## 那些“靠得住”的理：自己画的圈

王：我们这辈人，大多都是理性惯了，包括我自己！

O：呵呵，所以不会做“出格”的事。

王：凡事都得讲个理嘛！

O：做到有理有据！

王：不听从理智，人可能会做出很多不理智的事情。

O：不是不听从，是不要盲从，还有怎么听的问题。

王：没有这“理”，整个社会不就乱套了?!

O：呵呵，这“理”就这么靠得住?! 您觉得现在这个社会十分井然有序?!

王：……

O：更何况，理不理不过是每个人自己画的圈。在自己画的圈里，每个人都是有“理”的。

王：没有统一标准。

O：国家也是一样的。

王：各取所需，各自为政。

O：国家与国家间那么多纷争，没有一个国家会认为自己是无理的。

王：因为每个国家也都只在自己画的圈里!

O：是呀。说不合理，很多人的判断依据是所谓的常识。

王：或者社会规范准则。

O：或者法律! 法理被认为是最基础的——像您以前说的，人心靠不住的时候，就要制定各种条条框框。但是，法理之外，还有道理、情理、伦理、天理等等各种理呢! 这些理都一致的时候，事情倒还好办，但不一致的时候，该从哪个“理”呢?

王：很难按“理”出牌了!

O：是呀。你从了一个理，违了另一个理，可能也会被人认为是无“理”取闹。

王：像你辞职一样，大家就会认为你是无理取闹了!

O：哈哈，相信我的人不会认为我无理取闹；不相信我的人我也不在乎，真的无所谓!

王：不予“理”会!

O：是呀，本来我就是无“理”之人，哪有工夫跟人“理”会呢! 就譬如说，我说我是女人，人家说你不是。那你说不是就不是吧，在你的世界里，我就不是呗。无所谓的！

王：每个人都活在自己认为的世界里！

O：是呀，难不成我还要去证明给你看吗?！哈哈，我越要证明，不就越表明我不是了吗！在我，是的东西，只要自己心里认可就行了，不需要向别人证明——你也证明不了！

王：你的无所谓，来自内心对自己有足够信心和肯定。

O：哈哈，您高估我了，只是懒而已。无所谓，只用管自己，比较省事；有所谓，要管别人，太费事了！

## 物质不够，精神补吧：反求诸己，薄责于人

王：你这三年假期，现在已经过了大半了。

O：是呀，很快，真是转瞬即逝。

王：你也没怎么闲着，做了不同尝试，还不错。

O：哈哈，您就不把我扫地出门了吧?！

王：哎呀，我们这些老脑筋，思想太固化了！

O：您思想不固化，就是担心我没饭吃，像我爸妈那样！

王：老人总是很容易担心的！

O：儿孙自有儿孙福——谨记谨记！

王：嗯，希望如此。不过想想，如果不是你辞职了，也没那么多时间跑来陪我闲聊呀！

O：哈哈，咱是互相陪聊！这也是我辞职两年多的一个重要收获呀——有时间去见见老朋友，聊聊天。

王：还是世界各地的老朋友。

O：时间自由了，可以做好些上班的时候不能做的事情。

王：或者上班时做不好的事情——像提高烹饪技术！

O：哈哈，这个太重要了，关系“家计民生”的大事呢！

王：掌握了基本的生存技能！

O：还行！另外，没有那么多迎来送往的事，自己有更多时间去学习、思考，觉得精神层面收获还不少！

王：哈哈，你现在没有工作收入，物质层面的收入基本归零了。物质不够，精神补吧！

O：是的，成了不挣钱只花钱的主——只能从精神上武装自己了！

王：咱们这段时间聊天，我觉得你对人生有很多思考和领悟，收获确实很大。

O：主要是觉得自己的心情比以前容易平和了，也更容易接纳别人的意见建议。

王：心胸更开阔，更包容！

O：呵呵，至少不像以前那么愤世嫉俗，那么容易上火。

王：这是很大的进步。

O：也可能和年纪越来越大有关系。

王：跟年纪有点关系，但不是特别大，还是看个人修为。你看我，医生不也说我太较真了吗?！哎，七十岁了，还没达到随心所欲不逾矩呢！

O：以前我也很较真，什么事都要坚持个原则。

王：觉得做事有原则，是挺好的工作习惯！

O：看上去是的，有些时候确实是，但也会常常把自己和别人逼到非此即彼的境地。

王：非辨个是非黑白。

O：是的。但事实上呢，不是凡事都可以辨个是非黑白的。而且经常出现的情况是，根本没有是非黑白的问题，不过是大家看问题的角度，或处理问题的方式不一样，没有对错的问题。

王：都在自己画的圈子里看呢！

O：是的，大家一争论，很容易把自己陷入困境。

王：其实困境的墙都是自己给自己砌的。

O：是，要拆也得靠自己。但是以前不这么认为，经常把问题归到外因，像领导不支持呀，同事不配合呀，其他部门扯皮呀！但现在回想起来，主要还是自己的原因。

王：学会不假外求，内省自身。

O：是，对我自己来说，这是个里程碑似的转变。

王：由外转内，不再怨天尤人。

O：哈哈，还没有能够完全超脱，达到这样的境界！偶尔还是会说几句，但比以前肯定要少多了，而且能够很快提醒自己停止抱怨。

王：行不得则反求诸己，躬自厚而薄责于人。

O：我很喜欢这两句话。

王：进步的过程。

O：慢慢进步吧，呵呵，我对自己没有那么严苛！

王：还是蜗牛理论。

## 洗西洋菜的耐心：生活是本百科全书

O：耐心是辞职后的另一个重要的收获。

王：蜗牛就很有耐心——一步一个脚印！

O：哈哈，学习的榜样！我以前做事挺火急火燎的。

王：谓之高效！

O：不过是给自己找的借口！

王：耐心很重要，特别是长期的工作。

O：嗯，一切皆有时，不要着急。

王：就像不能拔苗助长！

O：是的。

王：不耐心，心就很难安定下来。

O：是，总觉得有做不完的事，压得自己喘不过气来！我以前摘个菜洗个菜都是急急忙忙的——觉得真浪费时间，想赶紧把它弄完！

王：哈哈，应付了事！

O：嗯，那时就是个负担！为了锻炼自己的耐心，我还想了些小方法。

王：知其短而补之——怎么补？

O：摘菜洗菜就是很好的锻炼机会！

王：还结合实际工作进行锻炼呢！

O：这样就可以两不误呀——追求精神，咱也不能耽误做饭这正职工作呀！

王：做饭还很有责任感！

O：那是！特别是那些得一颗一颗剥，或者一根一根摘的东西，像花生、豆角，还有西洋菜——是一根一根地洗西洋菜，不是一把洗，那真正是考验耐心的过程！

王：哈哈，洗西洋菜的耐心——总有一把抓起来的冲动！

O：对呀，刚开始的时候觉得自己快被逼疯了——那菜好像永远都洗不完！不过坚持下来，做着做着，发现自己没那么着急了，慢慢地，还有了点闲庭信步的味道！

王：松紧自如——质变的过程！

O：质变还说不上，但肯定是在变了。我想，如果洗菜摘菜能更耐心，那做其他事情应该也能更耐心了！

王：以小及大，一脉相通。

O：生活就是一本百科全书，哪都是学问，都是课堂。

王：所以说从生活中来，到生活中去。

## 海纳百川：为机会打开大门

O：还有个领悟，就是一定要不断开阔自己的心胸！

王：博大胸怀。

O：非常重要。心胸开阔，人生才有更多的可能性。

王：心胸狭窄，就像把心门关上了。

O：就像有人老抱怨自己很倒霉，总是没有机会。大师说，不是没有机会，机会一再敲你的门，但你从来不愿意开门呀！

王：是自己的小心胸把机会挡在了门外。

O：是的。我上幸福课的时候，也跟学生分享过开放心胸的重要性。打个比方，如果你的心只是像小小的玻璃杯，别说老天掉块大金子下来，就是掉块小石头，你也接不住呀——一下子就给砸得稀巴烂了。

王：呵呵，心碎了一地！

O：嗯。国外有个关于彩票中奖的调查，发现中大奖只能给人带来短期的快感。从长期看，对提高人的幸福感并没有多大的帮助。更好玩的是，超过半数的人在获奖后人生没有变得更幸福，甚至认为自己过着“更糟糕的人生”。

王：钱多了，带来更多的烦恼。

O：哈哈，钱比窦娥还冤呢！钱本身没问题，我觉得是人心的问题。如果你的心量只有一百万，给你个一千万，你一定不知所以了！

王：小肚鸡肠——消化不了！

O：至少消化不良。所以，千万不要只是巴望着中大奖，先学习让自己心量足够大，否则中了大奖也一定是害了自己！

王：像你之前说的那个英国小伙。

O：是的。心量足够大，才能做到宠辱不惊。

王：辱不惊易，宠不惊很难。很多人是在逆境的时候还能坚持，守住底线，到顺境反倒容易迷失方向。

O：顺水行舟比逆水行舟危险多了！

王：随波逐流很容易翻船！

O：所以，我跟学生说，我们要时时提醒自己，让自己的内心尽可能开阔，像大海一样，那么不管生活中出现什么状况，不论好坏，你都能够接受了。

王：海纳百川。

O："宰相肚子能撑船"是很有道理的。人要有胸怀。

王：胸怀决定高度。

O：有个朋友曾经问我，你有没有遇到过什么大挫折？啊，我问，什么叫大挫折呢？人的心量不一样，挫折或大挫折，定义是完全不一样的。如果心量很小，别人说两句，或者被领导骂几句，天可能就要塌下来了。

王：如果心量很大，可能天塌下来也不是个什么事。

O：就是，这没有统一标准。像圣严、星云这些高僧大德，他们经历过挫折么？肯定有呀，在一般人眼中，他们的经历估计都可以写成多少劫多少难了。只是对于他们，这些挫折可能都不是什么事。

王：一切都不过是成长的因缘而已。

O：是的，没听哪个圣人先哲整天说，我的生活有多苦多苦呀！像孔老夫子困于陈蔡，没米下锅，也不是多大的事。我想这跟他们的宽宏大量有关，跟事情本身没太大关系！

王："多少往事都付笑谈中。"能对人生淡然一笑，需要宽广的胸怀。

O：不过现在很多人都不屑谈胸怀了，还觉得虚伪，认为那不过是有钱有成就的人吃饱了撑的，给自己脸上贴金而已。

王：其实是先有胸怀，才有财富和成就。人大多本末倒置了。

O：如果没有胸怀，即便眼下拥有了财富、成就或地位，最终也难以长久，更谈不上什么幸福。

王：一不留神，可能就沦为名利的奴隶！

O：常说"富不过三代"，也是这个理。

王：仅仅是传承财富，是很难持久的。如果孩子没有足够的胸怀和能力，给他留下大笔财富，很可能害了他。

O：所以老话说："留德不留财。"

# 关于金钱与幸福

## 谁来买单

(2015年1月，我们重聚，在王老师家附近的酒楼喝茶。结账时，王老师忙着要去买单。)

O：王老师，怎么能让您来买单，我们来买！

(我先生过去拿账单，王老师不让。)

王：怎么要你们来买呢！而且你现在是“无业游民”，都没有经济来源了！

O：哈哈，王老师，如果连这单我们都买不起，我还敢辞职么？海东也不会同意呀！

王：海东一个人养家，够不容易的，所以更不能让你们买单！

O：呵呵，王老师，您这样，不是太小瞧我们俩了?！十多年才见这么一次面，好不容易有个机会跟几位老师聚聚，尽点小孝心，您还不给呀?！

(一番争执，王老师拗不过，其他两位老师也劝她别跟我们争了。好歹让我们去买了单，但王老师嘴里还是一个劲地嘀咕着。)

O：王老师，不过一两百块钱的事情，您就别纠结啦！等我以后七十岁了，要有年轻人请我吃饭，我就一百个愿意，一定不跟他们抢单——这说明人家有能力嘛，多好的事！

王：就你这嘴巴，尽说好听的！

## 早有预谋的任性选择

（对于我辞职回家，没有经济收入，王老师一直颇为揪心。）

王：我老在想，你辞职回家，给自己放三年假，家里开销怎么办呢，经济情况允许吗？你先生压力得多大呀！

O：还好。我好几年前就跟先生说，你要有思想准备，我可能会有三年没有经济收入的。要预留笔基金——我们家是先生管钱嘛！

王：你早就知道自己有三年没收入了？

O：还是那不靠谱的直觉呀——好多年前就有这念头了，但是具体辞职的时间、形式，又都不清楚了！

王：哈哈，又是告诉你结果，不告诉过程！

O：我想，过程可能是自己的选择——主观能动性嘛！它给我自由，所以就不用告诉我了。

王：自己告诉自己！

O：嗯，随缘而定吧。我跟先生说，要有准备，不能因为我不工作，家里的生活质量就下降了。

王：你是早有预谋！

O：呵呵，是未雨绸缪！

王：所以，你先生是一直有准备的。

O：还好吧！我们赶上学校最后一批集资房，也没再买其他房子，不用供楼；也没有买车，孩子也不上啥培训班。

王：这些通常都被认为是家庭开支的大头！

O：嗯，我父母是公务员，公公婆婆是研究院的，都有退休金和医疗保障，不需要我们经济上的支持。

王：这也很重要，没什么后顾之忧。

O：非常重要。我们家主要就是日常支出，还有假期外出旅游。经济压力不算太大，而且工作十多年了，我们开销一般，呵呵，还不是月光族，总是有些积累的。

王：所以你还是有考量过实际情况的——不是一头热的任性选择！

O：哈哈，我也是个俗人，还得开饭呀！还没超然到把理想当饭吃的境界呢！

王：很多人会觉得不可思议，三年不工作，家里怎么开饭，怎么运转，毕竟以前是双份的收入呢！

O：是的。有人听说我裸辞，也知道我先生不过是个普通编辑，就说，她老公既不是官又没钱，她凭什么辞职？她有什么资格裸辞？

王：哈哈，人家认为以你们的条件，不过是个工薪阶层，根本没有辞职的资格！

O：是呀，很多知道我辞职的人，估计也都是这么认为的！我想，啊，凭什么？不用凭什么呀，反正我就是辞了。

王：你也蛮拽的。

O：不是拽，就是事实呀——我不就是裸辞了吗?！不过我也跟先生说了，只是休息三年，之后我必定要重新出来工作的。

王：还算有自知之明！

O：我辞职的时候三十七岁，三年后四十岁。总不能一直让别人养着吧?！哈哈，那样子可能真会被人家扫地出门了！

王：还比较自觉。

O：我可从来没说过什么要回归家庭，当全职太太这样的豪言壮语！

王：你也不是能老老实实待在家里做家庭主妇的！

O：哇，您真是阅人无数呀！我这两年还想好好扮演一下温良贤淑的家庭主妇呢，您一眼就把我看穿了！眼光也太犀利了，佩服佩服！

王：哈哈，做老师嘛，几十年了，看人还是有那么些经验的！

## 奇葩的财务自由

王：话说回来，别人认为你没有辞职的资格，也是可以理解的。大多数人会认为，只有完全实现了财务自由的人，才有资格说想干嘛就干嘛！

O：有钱才能任性！呵呵，像我们这样没钱还任性的，就是找死了。

王：至少很难理解或者让人接受。

O：所以很多不熟悉的人都猜测，我先生肯定是个富豪！

王：哈哈，说不定还是个超级土豪，要不怎么能让老婆这样任性裸辞呢！

O：对。我跟先生开玩笑，你赶紧努力努力呀，争取成为土豪，才对得起大家的殷殷期望呀！

王：哈哈，要有物质底气！

O：不过老实说，我对所谓的财务自由是有保留意见的。我的理解，跟很多书上或理财专家讲的不一样。

王：一般是通过计算，预计你的寿命，综合各方面开支，你得有多少多少的存款或资产等等，才可能实现财务自由。

O：嗯，现在什么都是要事先计算的，就像说养个孩子需要几百万的成本。如果真是这么认真计算，我想当初我和先生都不敢要孩子了。

王：你们有孩子的时候经济也不富裕。

O：呵呵，一穷二白吧！原来一直住集体宿舍，到快生孩子了，才跟朋友借了个房子，方便老人过来照顾我坐月子。

王：后来有了集资房？

O：孩子大约一岁半的时候，才搬到新居。当时很多同事知道我怀孕了，都问我们要不要孩子。

王：他们认为你们还没有经济能力养孩子！

O：是的。我说当然要啦，上天的礼物，怎么能不要呢?！很多人觉得我们不够理智，我倒觉得他们的问题挺奇怪的。

王：你没想过养育孩子的成本？

O：没仔细想过，因为我认为那根本就不是个问题。我的依据很简单，我们两个人都有正当的工作，稳定的收入，怎么可能养不起一个孩子呢?！

王：现在大家都认为应该给孩子提供尽量好的物质条件，才能保证他们健康成长，所以对家庭经济收入的要求就高了。很多人都说，要有车有房才能生孩子。

O：我觉得这想法好奇葩，没车没房就不能生孩子了?！

王：哈哈，你的想法别人才觉得奇葩呢——没车没房没钱还敢生孩子！

O：哈哈，穷有穷养，富有富养呗！我想，我爸妈在那么困难的时期，都能把我们三兄妹拉扯大，还帮了很多亲戚的孩子。难道我们两个正常人，还养不大一个孩子么?!

王：你的推理总是异于常人！

O：这还异于常人呀？我觉得这次已经非常有理有据了！

王：所以你的财务自由概念肯定不会经过精密计算的！

O：哈哈，一精密计算，就不能辞职了。我觉得财务自由也是相对的，跟自己的欲望相关。

王：跟自己的欲望相关?!

O：如果你的欲望是一千万，你有九百九十万，你也会认为自己是无法自由的。而且如果不自控，欲望还有可能无限增长。

王：永远都不可能自由。

O：嗯，受困于自己的欲望，永远都不能实现财务自由。

## 让金钱做个好仆人

O：我上幸福课的时候，分享过金钱与幸福的关系。

王：哦，你还专门讲了关于金钱的主题？

O：是。开始有些纠结，不确定讲不讲这主题，因为他们只是大一新生，还都用着父母的钱，对钱估计没多大概念。

王：更别说什么金钱观了。

O：嗯，后来我还是决定讲这个主题：金钱与幸福，因为我觉得一个人的金钱观，跟他的人生幸福有很大关系。

王：非常重要，甚至是最重要的关系！

O：现在很多人甚至把金钱与幸福等同起来，认为人越有钱，就会越幸福。

王：因为在现代社会，越有钱，人越容易获得更多的社会肯定和尊重。

O：所以很多年轻人会认为，只要挣到很多很多的钱，人生的其他问题就都可以解决了。

王：但事实远非如此！有个说法，“仅仅用钱就能解决的问题，就都不是问题了。”

O：是的，如果一切都可以用钱来解决，那么人生就简单得多了。

王：只需要一个方向：挣很多很多的钱。

O：是的。但人生很多问题根本就不是钱的问题。很多东西也不是用钱可以买到的，譬如爱情、亲情、友情，还有善良的人心。

王：但一般年轻人还很难看到这些。

O：所以我决定跟学生分享自己看待金钱的态度。

王：你一直用的是“分享”这个词，不是教育。

O：哈哈，我不是之前跟您说了，我的整个课程都是在分享，分享自己的经历，自己的思考。

王：不强求学生接受你的态度或思想。

O：也不可能强求呀——每个人都有自己的思想！如果我的分享能给学生们一些启发，引发他们对人生更多的思考，我就算是“功德圆满”了！

王：这种分享的态度，学生也会比较欢迎。

O：还好。我相信通过分享，双方都会有更多的收获。

王：利己达人。

O：我第一节课就跟学生说，人生没有标准答案，所以你们来上我这门课，听我讲，我既不会给你学分，也不会给你答案。

王：要自己寻找人生的答案。

O：是，每个人都会有自己的人生答案。对于我，金钱本身无所谓好坏。

王：哈哈，你不认为金钱是万恶之源！

O：怎么会，爱都来不及呢！对于我，金钱就是一个工具，保障自己生存需要，实现理想目标的工具，仅此而已。

王：很多人会认为挣钱就是目标，不是工具。

O：我觉得是把工具和目标混淆了。

王：颠倒了关系。

O：是的。譬如，如果我们的目标是拥有幸福和谐的生活，金钱可以为我们这个目标服务。但它不过是帮助实现目标的很多工具中的一个，还有其他很多工具，像相互的信任、有效的沟通、积极的支持，等等。

王：仅仅是有很多钱，并不能保证我们拥有幸福和谐的生活。

O：看看现实生活和电视剧里的豪门争斗就知道！

王：嗯，但是善用钱，可以为幸福和谐的生活服务。

O：是的，金钱积累本身并没有问题，但它本身也没有什么意义。金钱的意义是人赋予的，为恶为善都由人来主导。

王：所以它既可以是万恶之源，也可以是万善之泉！

O：是的。我很喜欢一句话：金钱是个很好的仆人，却是个非常糟糕的主人。（Money is a very good servant，but a very bad master.）

王：让金钱服务生活，而不是主导生活。

O：是的。我跟学生说，如果一个东西完全可以用钱来衡量，那它的价值其实是微不足道的，不管是成千上万，甚至上亿的东西。有价值的，是东西承载的内涵和情谊，像妈妈做的一顿饭，朋友的问候电话——都是不值钱，却又价值连城的。

王：最珍贵的东西，都是肉眼看不到的。要用你的心，才可以看到。

O：确实是这样。

## 刀子、钳子与柜子的关系

O：对于决定是否要做一个事情，我会先抛开钱的因素，问自己：如果不考虑钱的问题，我是否想做这个事情？如果不想做，或者可做可不做的，那就根本不需要考虑了。

王：直接否决了！

O：绝对的，别费劲瞎想！因为那已经表明，这事情根本不重要，或者自己根本不愿意做，就不要耗费时间精力了。如果是非常想做的，再把钱考虑进来：我有经济能力做这事吗？如果自己完全可以承担，那也不用费劲瞎想了！

王：毫不犹豫就去做了，像你去华东看朋友！既想做，又有经济能力去做。

O：对。但如果经济上有困难，那就得费点心思，看看这困难有多大，如果可以克服，自己还是很想做这件事情，那就勇敢地选择去做吧——钱总是有机会再挣回来的！

王：如果困难远超自己能力，没办法克服，那也就省省了，不用再瞎想耗神！

O：至少目前先不用考虑了。

王：呵呵，你这种考虑事情的方法有点意思，跟一般的想法不一样。很多人都会把经济能力放在首位，先考虑钱的问题，再考虑其他问题。

O：嗯，只是角度不一样。您之前不是说过，网络也就是个工具，跟筷子的本质是一样的。

王：网络是工具好理解，毕竟它是辅助型的。没人会说活着是为了网络——不过照现在这种发展态势，很难说以后是不是有人会为了网络活着！

O：但很多人会说，活着就是为了挣钱，对吧？

王：是挣很多很多的钱！

O：哈哈，是很多很多很多……我觉得金钱本质也就是件工具，跟刀子、钳子的本质没什么区别。

王：把我的筷子换成刀子、钳子了！

O：省得您说我抄袭呀！反正，它们都一样——不过是人用来实现自己需要的工具，仅此而已。就像我想做个柜子，当然是先看自己到底是不是真的需要那柜子。如果真的需要，那再看自己有什么工具可用。

王：把刀子、钳子派上用场。

O：是呀，总不能因为手上有把刀子、钳子，为了用它们，不管需不需要，就跑去做个柜子吧?!

王：呵呵，因刀造柜！刀子、钳子与柜子的关系，有趣！

## 幸福指数 = 能力∶欲望

O：我还跟很多朋友分享过自己的幸福观——怎么用金钱来计算你的幸福指数。

王：哈哈，原来你也是会计算的！

O：哎呀，不说了当年读高中还是数学科代表呢，计算能力不赖的！我觉得人的幸福指数，与自己的能力和欲望相关。

王：怎么相关法？

O：幸福指数等于能力与欲望之比。譬如，你的能力是挣年薪一千万，欲望是年薪五千万。

王：那指数就是 1∶5 了。

O：对——您的计算也不错呀！也就是 0.20。别人都觉得你一年挣一千万，牛逼得不得了，但你自己肯定痛苦得不得了。

王：因为跟欲望差距太远。

O：是。如果你还是挣年薪一千万，但欲望只有一百万，幸福指数就是 10 了。

王：翻了几十倍！

O：挣的钱都一样，但是感受完全不同。

王：所以你认为，如果能力超过欲望，人就是幸福的；如果能力不如欲望，就会痛苦。

O：是，幸不幸福是你内心的感受。所以，我说，要提高幸福指数很简单呀：不断增大分子，尽量地减小分母。

王：积极提高能力，不断降低欲望。道理很简单，但做到不容易。

O：是，简单并不代表容易。很多道理都很简单，但说易行难，特别是降低人的欲望。

王：所以，虽然辞职了，但是你对自己的再工作能力很有信心！

O：不，是对我自己的欲望很有信心。

## 两个馒头的欲望

O：我曾经看过一个讲座。一位法师说，年轻的时候跟师父修行，自己每天要吃两个馒头，否则就饿得难受。他很奇怪，师父每天吃一个馒头就够了。他很纳闷，就去问师父。师父说，因为每个人的欲望不一样，你是两个馒头的欲望。

王：师父是一个馒头的欲望。

O：对。法师恍然大悟，知道了自己和师父的差距。

王：欲望的差距。

O：是。我看了，当时就问自己，那我的欲望呢？仔细想想，每天两个馒头的境界，肯定达不到呀；每天三个或四个馒头呢？也不行。

王：一日三餐，每餐两个馒头，可能还可以。

O：估计也很困难——哈哈，因为我是土生土长的广东人，不习惯吃馒头呀！

王：哈哈，欲望也有地域性！

O：那当然，环境造就人嘛！不过说到底，还是自己欲望比较多，跟大师们的境界差距太大了！后来再仔细想，嗯，三餐白粥咸菜，我是可以接受的——呵呵，光白粥的境界还达不到，要有咸菜下白粥。

王：哈哈，不是馒头的欲望，是白粥咸菜的欲望。

O：是呀，因为从小吃白粥长大的！

王：你还挺认真考虑实际情况呢！

O：这么严肃的问题，当然要认真考虑啦！对于我们这些六根未净的家伙，吃饭是最现实的问题——优先考虑！接着，我又问自己，我有能力挣到三餐白粥咸菜吗？

王：要求不高！

O：嗯，我想应该没有什么问题的！

王：哈哈，是不是那时候就已经很清楚：自己这辈子都会挺幸福的了——因为你的能力远超三餐白粥咸菜！

O：反正那一刻，我就觉得自己可以实现财务自由了。

王：三餐白粥咸菜的财务自由！哈哈，要有理财专家听你这么胡说八道，肯定要笑掉牙的！

O：财务自不自由，就像穿鞋合不合脚——只有自己知道，根本不需要专家计算判断。我的感觉是，精神自由了，很多物质的东西自然而然就放下了。

王：至少看轻了！

## 那些更好更好的……

王：但是，一般人会认为，你这想法太过理想化了。人生还有很多需要考虑的，住更好的房子、给孩子更好的教育、开更好的车、有更好的医疗保障……

O：可以理解。欲望低不是说你必须按照最低欲望生活。

王：是可以接受——贫也乐，富也乐。

O：对，贫也乐，富也乐，不受贫富困扰。追求“更好”也是人的天性吧，很自然的事情，无可厚非。只是如果把“更好”都归结为物质层面的追求，都看成是生命所必需的，人可能就比较容易感到痛苦了。接受现状，和追求更好也不冲突呀！

王：很多人认为安于现状就是不思进取。

O：呵呵，那是“安于”，和“接受”有区别。

王：嗯，安于就是不行动了。

O：是，但接受和行动并不相悖。接受现状，同时不断改善现状，两者是可以并行的。还有个问题，到底什么是“更好”？

王：好像大家都不认为那是个问题——更好就是更好嘛！

O：五百平方的房子和一百平方的房子相比，同标准装修配置，同路段坐向，五百平方的是不是更好？

王：按普世标准，当然是大房子更好！

O：按您自己的标准呢？您愿意住一百的还是五百的？

王：要我选，我倒愿意住一百的，五百平方太大了。如果只是一个人住，还可以更小些。人撑不住场，空荡荡的，不舒服！

O：呵呵，看来也不是更大的就是更好的。很多我们想当然认为“更好的”，不见得真的就是“更好的”。

王：还是要看自身需求。

O：以前有个报道，说一家三口和保姆住在一栋半山豪华别墅里，男主人出差了，晚上女主人就带着孩子和保姆睡在其中一间卧室，以互相照应，确保安全。

王：房子太大了，但凡有些风吹草动，都容易被吓到！

O：所以，有时候我想，这是不是另一种形式的房奴呢?!

王：哈哈，富贵的房奴！

O：您还别说，真有这样的。您看这房子大的，房子多的，整天都围着房子转，不光要搞卫生，要维护它、美化它，多了的房子又要想着怎么让它保值升值。

王：也挺操心的！

O：嗯，虽然跟那些买不起房，或者需要供楼的房奴，操心的内容不一样，但形式是一样的。还有人住着个大房子，贵重东西太多，不敢请保姆，不敢请钟点工。

王：怕自己看不到，别人会顺走东西?

O：是，所以只能自己每天费心打理。我想，就我那七十多平方的蜗居，搞个卫生都挺累人的，要整天折腾个几百平方的大房子，还不得累趴下了！您说，这不是房奴是啥呢?!

王：不是房子为人服务，是人为房子服务了。

O：是呀，“更好的”根本就没有统一的标准。

王：“更好的”还可能成为一个陷阱。

O：嗯，我们觉察不到，却常常被迷惑的陷阱！

王：永远都会有“更好的”，关乎自身的欲望和需求。

## 金钱与理想：有五千块就干五千块的事

王：你跟我聊了理想以后，我就老在想，你以后如果要创业，像搞教育，搞养老，都是费钱的事呀，哪来的钱呢?这些事，得多少钱才能开始干呢?

O：哈哈，谢谢您老的关心！我这事还只是在脑子里，还没启动呢，就让您老人家这么操心了，真过意不去！

王：搞什么都得要钱呀！

O：经费确实是个很重要的考虑因素。

王：物质是基础。

O：我也想过这事，怕自己好高骛远，不切实际。不过后来想通了。

王：怎么想通了？

O：嗯，钱固然很重要，这点不可否认。但是钱本身并不是能不能成事的最关键因素，更不是唯一因素。

王：只是众多工具之一。

O：呵呵，您记性真好——是的，众多工具之一。作用是很大，但不是决定作用。

王：不是决定作用？

O：起决定作用的，是关于理想的信念，坚定不移的强大信念。

王：让金钱服务于信念！

O：是。如果经费非常充裕，可能会做很大的事业；如果经费很少，那就做小小的事情，尽其所能，也是可以的。形式可大可小，但都是围绕着自己的信念展开。

王：在理想的道路上量力而行。

O：必须量力而行。我想，如果有五千块钱，我就干五千块的事；如果有五千万，就干五千万的事。

王：有五千亿就干五千亿的事！

O：哈哈，是的，完全不排除这种可能性！说不准哪天老天爷一高兴，下个黄金雨，我们还得随时做好准备——确保接得住，不被砸死！

王：哈哈，中个超级头彩！你倒挺能解放自己！

O：那是，理想不过给自己指明方向，让我找到人生目标，仅此而已。但是不需要整天把理想扛在肩上，放在嘴边吧?!

王：没几天就被压垮了！

O：哈哈，我不过是个小市民，可没那么大义凛然呢！

王：珍惜小命。

O：当然啦，生命这么有趣！理想是明灯，照亮人生，增添色彩，让人生变得更美好，不是什么严肃沉重的负担！而且，对于我，过程远比实现目标重要！

王：你总是很享受过程！

O：也还在学习中。以前也常常只求结果，譬如考试没考好，就是失败，把备考的过程都否定了；工作成效不好，也是失败。

王：结果不好，就把过程也否定掉了！

O：是，结果达不到预期，就挺郁闷的！但后来慢慢看，发现即便结果可能没达到预期，但中间看上去瞎折腾的过程，其实也是学习成长的过程。就像绕着球场长跑，最终你还是跑回到起点，但是跟出发前在起点上，已经完全不一样了。

王：自己成长的过程！像佛家说，开悟后，你看山还是山，看水还是水，但境界感受完全不同了。

O：嗯，就像说“金钱不是万能的”，对于二十岁的小伙子，估计就会想：但是没有钱是万万不能的，所以我要拼命赚钱，买房买车，才能讨老婆。八十岁的老人，历经风雨沧桑，那感受可能就完全不一样了，真切领悟到金钱确实不是万能的道理。

王：人生最珍贵的东西都不是用钱能买到的——经过人生历练后的深刻体会！

O：嗯，所以过程很重要。这个认识对我自己有很大帮助。以前眼睛总是盯在结果上，对自己如此，对别人也如此。对结果过度关注，人很容易焦虑，也常常忽略了过程的风景，更别说什么收获或者喜悦了。

王：人生就是个过程。

O：也有人说是个旅程。

王：听你这样说，我就放心些了！

O：哈哈，要不您就整天替我担心，想着：哎哟，这小O，现在既没工作又没其他收入，还整天琢磨着理想，开饭的钱都还没有呢，以后可怎么办呀?!

王：开饭的钱你肯定找得到，这个我不担心！只是在我们这些老脑筋里，要创业，那肯定得很多很多钱呀！

O：确实是要花钱的呀！哈哈，所以您要帮我祈福，让老天爷待我好点呀——不过它现在待我已经很好很好了！

王：嗯，我到了天上，也会保佑你的！

O：好呀，在此先谢过！

# 关于精神与信仰

5月底，两位泰国朋友来访，其中一位是风水师傅。我头脑一热，想带他们到王老师家看看，便给她打电话。王老师表示欢迎。风水师傅对她家的摆设提了些建议。之后见面，我们再聊及此事。

## 风水：不过是让人与环境更和谐相处

O：说实话，王老师，您介意我带朋友来看风水么？——您知道，我尽干些头脑发热的事。

王：哪里会介意！如果介意，我就直接告诉你不用过来，或者找个理由把你们挡回去了。

O：呵呵，您不介意我就放心了！我也是前一天才知道，他们要去帮朋友看风水。那朋友的办公室就在附近的写字楼。所以我就临时起意，给您电话，看能不能先到您家里看看。您不觉得看风水是封建迷信么？

王：这个倒没有。我想真正的风水，其实是根据环境情况，让人和环境能够更和谐地相处，就是这样，不要想复杂了。你看，那天风水师傅提出的建议，都是有客观依据的，像太阳起落方向、风的方向、物品摆设相互产生的影响。这些都是很客观，很中肯的。

O：他们说，在泰国，日落之后是不看风水的。

王：嗯，看不到太阳运行的轨迹，不利于观察整体环境。

O：万一他的建议不管用呢？

王：哈哈，什么叫管用？风水好了，病就好了？呵呵，要能这样，人都不用死了?!

O：哈哈，那倒不敢指望！之前不还有个报道，说有个风水大师，在帮人家看墓地的时候，因为山体滑坡给埋了。

王：如果一出现什么问题，就指望风水来解决，那就真是迷信了。调整一下布局，摆设更合理，让自己住得更舒服，心情更舒畅，就可以算管用了。

O：您这样说，我就放心了。我是怕自己头脑发热，给您带来不必要的麻烦！

王：哪里会这么小心眼，你不要多虑！更何况，俗话说，一命二运三风水。前面还有两个呢，怎么管?!

O：呵呵，只是第三号头目，还说不上话！

王：况且，都说人杰地灵、人杰地灵，人杰在前，地灵在后。人现在都搞反了。

O：以为找个好墓地，就可以光宗耀祖，千秋万代富贵不衰了。

王：古代皇帝大多都是生前就给自己找好皇陵位置的，应该都是龙脉了吧！

O：至少都是风水宝地！

王：可到头来，还不是“万里长城今犹在，不见当年秦始皇”！

O：后代不修德，多好的风水，都不能长久！

王：《左传》里有记载季梁的定国之策：忠于民而信于神；先成民，而后致力于神。那是在封建社会呢，还都是把民放在神之前，先民而后神，民是神之主。

O：民本主义啊！

王：确实是以民为本。倒是现在迷信的人，什么都想着求神拜佛，要祈求些什么，请神赐福！

O：殊不知自己才是真正的主人！神应该说，拜托，您是我的主人呀，您得自己先拿主意，我才能追随辅助您呢！

王：哈哈，就是，颠倒了主仆关系！风水这东西，我们看不到，但是也能感觉到。

O：嗯，待在一个环境里，舒不舒服，自己是有感觉的。

## 那玄乎的灵魂：不过是精神的另一个称谓

王：我们肉眼看见的东西实在太少了，很多东西是眼睛看不到的。

O：哈哈，我还以为您是绝对的唯物主义者呢！

王：即便是绝对的唯物，也得承认，肉眼能看到的物质，是少之又少的吧?!

O：那倒是。

王：像你走进一个房间，坐满人的房间，你很容易感受到房间的气氛。气氛——这是看不到也摸不着的，但是你肯定可以感受得到，譬如紧张或轻松，压抑或愉快。

O：确实是。即便大家都不说话，但也能很快感受到。

王：每个人都有自己的气场——由内而外散发出来的气息。

O：现在经常会说，某某人气场很大。

王：气场也是细微物质的存在，只是太过细微，近乎虚空，人就认为不存在了。很多气场混合在一起，形成了气氛。

O：看不到摸不着，但很真切。不过大多数人还是认为，眼见方为实。

王：有些是眼见为实的，但更多的是，眼见不一定为实，眼不见也未必不为实。人类眼睛可以看到的物质太有限了，估计还不到大千世界的百分之一吧，说眼见为实，未免太狂妄了。

O：您相信有灵魂么？

王：相信。

O：哇，您这么肯定呀！在这个唯物的社会，大多数人会认为灵魂存在是虚妄的，太玄乎了！

王：精神和灵魂是相通的。所谓灵魂，不过是精神的另一个称谓，没什么玄乎，是人把它想得玄乎了。

O：世界是我们内在意识的外在投影。

王：我们常说这个人有精神，是由内而外散发出来的精神。说这个作品没有灵魂，也就是没有精神。其实大家都能感受到灵魂、精神，嘴巴上也常说，但是这东西说不清，看不到，大家就觉得玄乎了，不相信了。

O：哈哈，相对的唯物主义！

王：唯物主义者也不否认人有思想、情绪、精神吧?！不能因为这些看不到摸不着，就直接唯物删除了呀！

O：有句话说：我们不是身体经历着精神的体验，而是一个精神体，藉着身体进行体验。

王：嗯，身体是精神体验的工具。

## 皈依佛否？

王：你的两位泰国朋友都是佛教徒吧？

O：是，非常虔诚的佛教徒。泰国是佛教国家嘛！

王：你也皈依了？

O：没有。不过身边有不少皈依佛门的朋友，广州的、外地的，还有台湾的，泰国的就更不用说了。

王：我身边也有挺多朋友信佛、念佛的。

O：呵呵，现在信佛皈依也是时尚潮流呢！

王：朋友老是跟我说要皈依，要念佛号，特别是生病之后。她们叫我念《金刚经》。我看了一下，完全没感觉。她们说那就念佛号好了，几个字，简单。有空就念，每天念个几百上千遍，病就好了。我没念几下，就觉得烦了，觉得自己好像怎么都进不了那门。

O：哈哈，您非要进那门不可么？

王：那倒没有。只是朋友老这样说，我就试试呗，可能自己没什么佛性吧！

O：不过是那门不适合您进而已，您就别强求了！我想起一个说法：注《金刚经》的，讲《金刚经》的，念《金刚经》的，都未必能成佛；要能行《金刚经》的，才能成佛。

王：知而行。

O：是，突出一个“行”字。学佛的人，即使佛经念得再熟，佛号念得再多，如果贪心不止，嗔念不息，也是成不了佛的。

王：听说现在抓的不少贪官也是信佛拜佛的呢！

O：哈哈，估计他们得埋怨佛菩萨保佑不灵了！一个人，如果能时时存善心，做善事，自然就是佛了！

王：不用求佛菩萨保佑，自己就成了！

O：是呀，所以您就不用老纠结进不进得了那门了。念不念佛号，皈不皈依，都不过是个形式问题，没有那么重要。

王：存善心，做善事就好了。

O：宗教不过是个形式而已，佛陀和耶稣在世，本来就没什么教，都是后人建立的。

王：你这样说，我心里倒舒坦多了。我都纠结这事好久了，因为朋友每次见面都叫我念佛号。她们也是为我好。

O：身体治疗与精神治疗双管齐下。

王：是，但我发现，即便口在念，自己也是心不在焉的。念着念着就走神了，觉得自己太没悟性了。

O：哈哈，还是俗人嘛！不过我确实认为，形式真的没那么重要。正信的宗教一定都是鼓励人行善有爱，让人获得更多内心的安宁，仅此而已。如果念佛念经让您内心更平和宁静，您就念呗；如果您打从内心就排斥，您就别念了，找一个更合适自己的方式就好，否则念了也不管用。

王：嗯，殊途同归。

O：我跟朋友出去，如果进寺庙，我也跟随他们行礼礼佛。很多人都问我是不是佛教徒呀，我说不是。我只是表示尊重。

王：入乡随俗，入庙随礼。

O：对。我进教堂，也随人家做礼拜祈祷。

王：人家也问你是不是基督徒，或信什么教的？

O：是。不过我礼佛或礼拜，也不求神佛保佑什么。

王：你默念其他什么东西么？

O：我就默念我的理想呀！

王：老者安之，朋友信之，少者怀之！

O：您记忆力真是超好，说过啥都记得！

王：身体不行，还好，没影响思维和记忆力。

O：嗯，精神健康很重要。是呀，我就是把礼佛礼拜什么的，都当作提醒自己谨记理想的机会！

王：哈哈，生怕自己忘了！

O：忘记实在太容易了！世界这么热闹，稍不留神，自己就迷失了！您不是说人是神主么，主没方向，满天神佛也帮不上忙呀！我得时刻提醒自己这个主呢！

王：没了方向，神也爱莫能助！

O：自己都不知道要去哪，神佛怎么助呢?!

## 如有神助之一：失而复得的身份证

### （一）出了点小状况

O：我倒有两次如有神助的经历，有兴趣八卦一下么？

王：当然——听听神是如何助你的！

O：一次是去华东看朋友的时候。

王：刚辞职那会儿去的。

O：是，我从金华坐动车去上海。刚上车坐下，就发现零钱包不见了！

王：被偷了？

O：不是，我在候车的时候还拿出来过呢！应该是放在口袋，给掉出来了。但是发现的时候，还有一分钟火车就开了。

王：来不及下车找了。

O：对，我就打电话给金华的朋友，让她帮我去金华火车站失物招领处备个案，看看有没有人捡到送回去。

王：里面有很多钱？

O：零钱包没什么钱，但是有我的身份证！

王：啊，把身份证一起丢了？

O：是呀。关键是过几天我还要从上海飞回广州，没有身份证就没法登机了！

王：丢身份证是挺麻烦的事！后来金华的朋友找到了？

O：没有，她问了火车站，人家说没收到，但会留意，有消息再通知。我到了上海，见到我同学，告诉她我出了点小状况！

王：哈哈，还是小状况？！

O：朋友开始以为我身体不适，一听是丢了身份证，当时就要跳起来了——这么大的事，你说小状况！

王：觉得你也太不当回事了！

O：是呀，同学也这样说我！更搞笑的是，晚上我住她家，准备睡觉。她跑到我房间，冲我说，你怎么还能睡觉呀？我听得莫名其妙。她说，你丢了身份证，这是非常严重的事情，后果很严重——知不知道！别人如果拿了你的身份证去干啥啥的，后果不堪设想……她说了一大堆话。

王：替你着急！

O：真着急！我说，那能怎么办，不睡觉也不管用呀！我总不能沿路找回去吧？别人真要拿了去干啥，我也管不了呀！

王：还是应用你不管用少操心的理论！

O：那确实是没办法！我跟她说，不见得人家捡了就会拿去干什么呢——你别把人心都想得这么险恶，说不定回头人家就送回来了呢！我朋友说，你就做梦去吧！

王：哈哈，你就刚好睡觉做梦去了！

O：哈哈，就是这样！我同学都快受不了我了，认为我脑子不正常！

王：太淡定了！

O：嗯，大概要表现出辗转难眠才算是正常吧！后来她说，现在但凡有个朋友跟她抱怨丢了啥东西，她都特不屑，就用我这例子说人家，那有什么大不了的，我同学丢了身份证也才是小状况，照样睡觉呢！

王：成教育典型了！

O：反面典型。

## （二）非非之想：它会回来的

O：不过您还别说，我那时候的确有特别强烈的感觉，就是觉得我的身份证会回来的。

王：你的直觉！

O：算是吧——但同样的，回来的时间、形式又都不知道！

王：哈哈，总是只让你感觉到结果。你在上海的时候没把身份证找回来？

O：没有。金华的朋友一直在那边火车站问，都没有。

按我同学说，身份证回来——那是根本不可能发生的事情！

王：只有你这种异类才会有这非非之想！

O：我只是有这感觉，但也不敢眼巴巴地期盼着奇迹发生呀！老老实实让先生把护照寄过来。

王：没有身份证，改用护照坐飞机。

O：是，还得回广州呢，总不能滞留上海呀！

王：总算干了点让人看得明白的事！

## （三）挣扎后的淡定：一个重要的决定

O：其实，我开始也有些紧张的。但坐在火车上，除了打电话给金华朋友，请她帮忙问问火车站，也没什么好做的。坐了一个多小时火车，我倒想明白了个道理。

王：什么道理？

O：身份证也不过是为方便我们生活服务的。

王：众多工具之一。

O：是的，我不是为一个身份证过活的！这个经历也不过是人生的一课，以后注意就是了。丢了就回去补办吧；别人捡了，可能会还回来的；即便不还回来，拿去冒用干啥，我担心也没用，以后真有什么事，到时再见招拆招吧！

王：兵来将挡，水来土掩——想通了！

O：基本想通了！下火车前，我做了个自认为很重要的决定：不能让丢失身份证这事，影响我的心情和在上海的旅程。

王：见到上海同学的时候，其实你已经想好了，从心里放下了丢失身份证这事，所以只是告诉她出了点小状况。

O：是的。我没有同学想象的那么淡定。

王：是经过思考和挣扎后的淡定！

O：是的，后来也证明，这个决定真的很重要。我在上海和朋友们相聚甚欢，轻松愉快！

王：没有受到丢失身份证的负面影响！

O：完全没有。所以说选择权还是在自己手上。

王：你选择放下和积极面对，所以旅途轻松愉快！

O：是的，因为我也可以选择像祥林嫂一样，每见一个人都诉说丢失身份证的苦恼和麻烦呀！

王：但是你没有，所以感觉如有神助啰?!

O：哈哈，这明明就是我自助嘛，把功劳归给神，这马屁拍得太明显了！

王：哈哈，还得把这功劳记在自己账上！

## （四）神助：失物招领通知

O：如果事情就这样结束，那哪能叫如有神助呢？顶多算是给自己个教训，上了堂课。

王：还有后话？

O：嗯，一个多月之后，我们家信箱来了张明信片。

王：明信片？

O：居然是从上海虹桥火车站寄来的失物招领通知！

王：失物招领通知？怎么会寄到你家里呢？

O：哈哈，这就是神助的部分——天上又砸了个饼下来！因为我身份证上的地址就是我们家的住址。

王：别人就按这地址寄回来了！

O：嗯，我当时想错了，认为是在金华火车站丢的，所以一直是请金华的朋友去问，从来没想过要去上海火车站问。

王：但其实捡到的人可能也坐车到了上海，就交到上海火车站了！

O：分析完全正确。因为我有身份证在里面，火车站就按上面的地址寄通知来，让去认领了！

王：不可思议的失而复得！

O：嗯，我委托上海的朋友，帮忙把失物领了回来——零钱包分文不少，身份证也完好无损。

王：得把这招领通知好好保存着——太有纪念意义了！

O：好好留着呢！我打电话告诉上海那位同学，她也觉得不可思议。她说这种事情只会发生在我这种人身上，在她身上是不可能发生的。

王：概率很低。

O：大家都觉得概率是无限趋于零。呵呵，我是傻人有傻福嘛！不过我想，可能也是因为大家都不会有这非非之想，认为是不可能发生的，所以就不会发生了呀——天随人愿嘛，你都没愿，天怎么随呢?!

王：哈哈，神只负责助，不负责愿！

## 如有神助之二：马雄山奇缘

### （一）曲靖：备受打击的旅游目的地

王：你的这些神仙曲太有意思了！你刚才说是两个如有神助的经历，那还有一个？

O：哈哈，您还数着呢！是的，还有一个，一三年暑假去云南旅游的时候。

王：哦，去大理、丽江，还是西双版纳？

O：哎，听说我们去云南的，都这样问。

王：云南不就这些景点城市吗？

O：那些地方我们以前去过，一三年暑假是去曲靖。

王：曲靖？

O：嗯。我们去曲靖，是因为孩子说想去探访珠江源头。

王：珠江源头在云南曲靖？

O：曲靖马雄山。

王：没听说过。

O：正常。我和先生之前也没听说过，直到孩子说起。

王：你们很尊重孩子的意见。

O：反正暑假一般都要外出旅游。孩子对地理很感兴趣，我们也觉得挺有意义的，当然支持啦！我本来想报团，但发现广州这边没有旅行社到曲靖的。

王：它不是旅游热点。

O：不是。曲靖其实是云南第二大城市，但因为不是旅游城市，所以知道的人不多。我们想广州没有团，就到云南当地再报团吧！到了昆明，在火车站转悠一圈，拿了一堆的旅行社广告，最后发现当地也没有团到马雄山的。

王：看来真不是旅游目的地！

O：不是。没办法，只能完全自助了！我们就从昆明坐火车去曲靖。

王：火车还方便！

O：昆明到曲靖非常方便，很多趟往返列车。上车坐下，我环顾四周，发现整个车厢就我们一家三口像是外来旅游的。

王：其他都是本地人？

O：对，因为曲靖不是一般意义的旅游目的地嘛！我跟旁边的人搭讪，想请教一下怎么去马雄山。

王：做点功课。

O：是的。我才说准备去马雄山，旁边的人就开始七嘴八舌地搭话了。

王：大家都很热心！

O：非常热心，民风淳朴！但听大家说完以后，我的心是凉了半截。

王：凉了半截?!

O：他们的七嘴八舌基本可以这样概括：马雄山不好玩，根本不值得去；要去，也不是这个时间去，应该春暖花开的时候去；自己去，交通很不方便，离曲靖市得有快两个小时的车程，没有班车，一般只能自驾去；有个班车到旁边的村里，但都是上午从村里出来，下午从市里回去——主要是拉村民到市里的；你们要想在村里过夜，好像村里也没宾馆招待所什么的……

王：哈哈，当头泼了盆冷水！

O：是的，根本没想到那地方这么偏僻！我问儿子，这样咱们还去吗？

王：听完人家说，怕孩子该动摇了！

O：谁知孩子回答特别坚定：去，一定去。

王：还是要去——信念很坚定。

O：非常坚定。我说好。我就跟旁边的人说，没关系，我们到了市里租个车去就好，顶多贵些。谁知旁边有人说，曲靖不比大理丽江这些旅游城市，不好租车呢！

王：哈哈，打击了你们的各种想法。

O：是呀，现在回想起来，我都觉得我们仨的内心也算挺强大的！

王：备受打击，还勇往直前！

O：哈哈，是的。

## （二）天降神兵：绝望中的救命稻草

O：正在备受打击的时候，坐在对面的姑娘说话了——她二十岁上下，和她妈妈坐一起——我们老家就在马雄山旁边。她问，你们在曲靖一个熟人都没有吗？我说没有。她说，这样可能真不好租车。你要信得过我，我可以帮你问问，看有没有朋友有空，开车带你们去。我一听，高兴得真要一蹦三尺高了！

王：哈哈，天降神兵——绝望中的一棵救命稻草！

O：绝对的！火车很快到站，我们互相留了电话。她说晚上再跟我联系。

王：火车是你奇遇的地方——在华东也是坐火车！

O：哈哈，那是自我思考，形式不同——不过坐火车确实有无限的可能！

王：晚上人家就给你安排好车了？

O：晚上姑娘给我电话，说因为我们第二天一大早就要去马雄山，朋友们都没空。

王：看来故事发展都不是一帆风顺的！

O：呵呵，就因为不是一帆风顺，人生才更有趣呀！我们时间太紧了，找不到车很正常。更何况，我们和姑娘不过是萍水相逢，她这么热心帮忙，我们已经非常感激了。

王：找不找得到车，她都已经尽力，尽了一番心意！

O：是。所以我说，没关系的，我们明天找个出租车去就好了！姑娘说，阿姨，我不是这个意思，我想说，朋友们都没空，所以我找了我爸妈来，想让他们带你们去。但是我们家的车很一般，就是在村里跑的小面包，我怕你们介意。我本来想帮你们找辆好点的车，但没找着！

王：哎哟，人家姑娘是找自己家人来带你们了！

O：是呀，我当时眼睛就湿润了，这姑娘心太好了！我们当然不介意啦！

王：是不是觉得你的天上一直在掉馅饼呢！

O：哈哈，是的——我想即使是个拖拉机，我们也一定兴高采烈地跳上去的！

王：他们心地朴实纯洁，这么替人着想，很难得！

O：是呀，最难得的是人心！后来才知道，为了来接我们，姑娘她爸当天晚上从老家开车到市里，第二天一早又带我们去马雄山。很辛苦！

王：人家是专门来给你们当司机的！

O：是的。我们一路开车过去，发现路上真的没什么交通车，到了马雄山也只有几辆云南牌的自驾车。孩子说，如果我们自己来，可能还真来不了呢！

王：火车上老乡的信息还是正确的！

O：不是虚假信息。

王：那别人都说那里不好玩，你们去了失望么？

O：哈哈，好不好玩是主观信息，不是客观信息，所以就不具备参考性啦！

王：大家看的角度不一样！

O：我们觉得马雄山超棒呀——哈哈，除了那珠江源头已经快断流，没啥水了！孩子说，马雄山有一种不怒自威的风范！

王：你们跟这山也有缘！

O：可能吧！姑娘的父母——我和先生叫他们大哥大姐——还是非常优秀的导游呢！因为他们从小就在这山区长大，很熟悉周边环境，对植物植被都很专业，可以解答我们的各种疑问。

王：意外收获！

O：真正的意外收获是，他们有亲戚就在马雄山所在的那个村。哈哈，我们进山就是走亲戚了——减免了门票！

王：认上亲了！

O：您别说，我们和姑娘一家，还真算认了亲戚。

## （三）小黑坡：走着走着天就黑了

O：去完马雄山，我们坚持要到他们老家拜访。

王：他们老家就在附近？

O：嗯，但也要开大半小时的车，叫小黑坡村——据说以前的人赶路进城，常常走到他们那里天就黑了，所以就叫小黑坡！

王：小黑坡，挺可爱的名字！

O：我们主要是去拜访爷爷奶奶。

王：爷爷奶奶还在老家？

O：是，都八十多岁了！因为奶奶不能坐任何车——包括三轮车，脚一离地坐车，就会犯晕病倒，得躺好几天，所以不能出远门，基本都待在老家。

王：你们都见到了！

O：见到了，还见到很多亲戚邻居。大家都很热情！我们还在他们老家吃晚饭。姑娘在市里工作，听说我们在她老家，下班后和她先生专门开车赶回来跟我们聚餐。

王：这一家人都很有心呢！

O：是呀，我们好感动呀！当晚他们一再邀请我们在老家住，但我们没有任何准备，说还是回市里，以后时间充裕些，有机会再专程拜访。

王：你们真是奇缘呀！

O：是呀，命运的安排实在太奇妙了！哈哈，不过这故事还没完呢！

王：都蹭完别人饭了，还没完？还有续集？

O：对，还有续集。不过那是一年以后的事了！

## （四）续集：幸福曲靖

王：你们第二年又去了？

O：一四年暑假，姑娘发来短信问，阿姨你们今年有空再过来曲靖玩么？

王：人家还记得呢，一年前，你们说有机会再专程拜访！

O：是呀，言出需行，人不能光说说而已！

王：要认真对待！

O：是的。先生抽不出时间，不能随行，我和孩子两人去了曲靖一周。

王：专门去他们家？

O：对，住在他们各处的家里——市里租的房子，老家的房子，还去了姑娘的弟弟工作的沾益县，住他们的员工宿舍。

王：你们也够能折腾人家的！

O：哈哈，随缘折腾，大家都很高兴。他们很热情，一点都不介意！在老家，大哥还把放了七年的自家火腿拿出来，切割好送给我们。我们觉得太过意不去了——要知道，姑娘两年前结婚的时候，这火腿都没拿出来呢！

王：火腿是放得越久越好！

O：据说放三年，这火腿就可以生吃了！

王：送你们的是七年的——两个三年还多！

O：是呀！吃完这火腿，孩子还落下个毛病。

王：啊，怎么了，不适应吗？

O：哪里，是再吃其他什么火腿，他都觉得相形见绌呀！

王：哈哈，把嘴巴吃刁了！

O：就是。还有位亲戚送来十多种野生菌，妈妈带着十岁的孩子，凌晨三四点上山采的！

王：太辛苦了！这菌可真是珍品！

O：确实是珍品——不仅本身难得，更贵重的是野生菌里的深情厚意！我真是感动得一塌糊涂！

王：他们没有任何功利心，就像没有杂质的钻石——晶莹剔透！

O：是的。这些朴实的农民朋友，用他们纯粹的行动，给我上了很重要的人生课程。在他们身上，我看到了城市里久违的纯净和善良，还有人与人之间的相助守望！

王：人性的美好！

O：人性的美好！我想，他们家未来一定会很好的，因为他们那么善良那么纯粹——老天怎么舍得为难他们呢！

王：积善之家，必有余庆。

O：必有。我回来后，选了些照片，配上文字，印成册子，叫《幸福曲靖》，寄给他们，权当纪念，也表示感激。

王：幸福曲靖——很好。你从来都没离开过幸福的主题！

O：哈哈，可能也是冥冥中早有注定！我希望自己幸福，大家都幸福。

王：你这次奇缘，也再次验证了坚定信念的重要性。

O：嗯，这是基础。有了坚定信念，才能明确方向。那天读到一句话，说搞清楚你自己的方向和优先顺序，整个世界都会很乐意帮助你的！

王：再一次如有神助！

## 人家说那深厚的佛缘……

### （一）不能握手的接待

O：您说您进不了佛门，我也不是佛教徒。不过身边很多信佛的朋友，却总说我佛缘深厚着呢！

王：哈哈，佛缘从何而来？

O：台湾圣严法师圆寂前几年，率团访问过我们学校。我当时在对外交流部门工作，负责代表团的接待。从接机到送机，吃住行、座谈、讲座、参观、宴请，头尾三天，我都随伺左右。

王：圣严法师是当代高僧！怪不得人家说你佛缘深厚呢，能近距离接触高僧大德，是很难得的机缘！

O：哈哈，那都是别人说的！那时候，我可半丁点这样的想法都没有——我以前还参与过德国前总理施罗德的接待，这些所谓重要接待，就是要求更多些，更繁琐些，也没什么特别的！

王：每年都有不少名人来访，圣严法师只是其中之一。

O：是的，对我们而言，都不过是接待任务，是日常工作。如果有什么特别的，可能就是我们很少接待出家人，特别是校级层面，对我自己更是第一次。

王：以前你也没接待过出家人？

O：没有。哈哈，接机的时候，跟两位教授一起去，经他们教导，才知道见面不能握手呀！

王：要合十问候。

O：是，要合十。但当时真是一无所知，满脑子尽想着怎么顺利完成各项安排，不出茬子就好了。

王：之前你对佛教也没什么了解。

O：没有。就以为是进庙拜佛的，其他一概不清楚——后来才发现，自己对佛教的理解是那么的肤浅，简直是误解！

王：没有了解真正的佛教。

O：没有。当时做接待，发现很多信徒是从世界各地过来的，自发自费追随。有一位信徒，专门从美国飞过来，给法师做饭。法师做完讲座，有信徒当场五体投地，跪拜致谢的！

王：跟普通的接待太不一样了！

O：是呀，我都吓了一大跳——完全没见过这阵势，真是大开眼界呀！当时我就想，这法师太有感召力了！

## （二）雪白的豆腐+翠绿的葱花：吃素？吃斋！

O：哈哈，不过对这个接待印象最深的，不是这些感召，而是我们犯的低级错误。

王：还犯了低级错误？

O：嗯，不是没经验吗，虽然做了些功课，但还是防不胜防呀！犯了些低级错误，回想起来都觉得好笑。

王：怎么出丑了？

O：学校宴请，为了表示尊重，专门叫学校餐厅准备斋菜。怕不专业嘛，事先我还跟餐厅沟通，让他们师傅专门去了解学习一下。他们都说没问题，还为此买了个新锅——原来的锅都用猪油炒过东西，怕有味道。

王：学校餐厅也挺仔细。

O：很认真准备。他们让我放心好了。上菜了，也确实做得很不错，直到后来——上了盘清蒸豆腐。一上桌，旁边老师就低声跟我说，这豆腐有问题，要撤下去。

王：豆腐不算斋菜吗?!

O：我也这样问，豆腐不是斋菜吗?！呵呵，那老师说，豆腐没问题，上面撒的葱花有问题——原来厨师为了卖相好，在这白豆腐上撒了些葱花。

王：哈哈，雪白的豆腐加翠绿的葱花——活色生香，漂亮的点睛之笔！

O：是呀，人家师傅够有才够创新的——可没想成画蛇添足了！那时候，我才知道，葱、蒜、洋葱、韭菜这些算素菜，但不算斋菜，出家人是戒的。

王：吃素和吃斋是两回事——上了一课。

O：挺珍贵的一课。都怪自己准备工作没做足，也是对自己的一个警醒。

## （三）众生都是未来佛

O：这次接待我学到了很多东西。圣严法师温文儒雅，从来没见他着急生气，或者责骂身边弟子。

王：很包容。

O：非常包容。他那时候身体已经不大好了，平常讲话声音很细，正式交流的时候还得戴上扩音器，但是他一点都没有不耐烦。有时候安排不周到，或沟通出了问题，他都是耐心地等待，慈眉善目，面带微笑，不急不躁。

王：很安宁。

O：嗯，即便他只是站在那里，不言语，你也能感受到他的强大气场——他身形倒算瘦小的。而且没有任何压迫感，就是感觉很温暖很安宁。那种感觉很难用言语表达。

王：只可意会不可言传。就像一个没有闻过玫瑰花香的人，问玫瑰花是什么味道，不管你怎么表达，都是说不清的。只有亲身体会，才知道那种不可言传的清香。

O：太正确了，就是那种感觉！我当时就想，好神奇呀，一个人要有怎样的修为，才可以达到这么祥和的境界呢?!

王：很震撼！

O：嗯，那种安宁带来的震撼。圣严法师身体很瘦弱，但是能让人感受到他强大的精神力量。我那时候就想，佛教能传承两千多年，有那么多虔诚的信众，它的精神定是有独到之处的。

王：肯定的。

O：送别的时候，到机场，一位弟子送给圣严法师一大束鲜花，表达敬意。

王：花能带上飞机吗？

O：我也不大清楚，可能可以吧！不过圣严法师没把花带上飞机，转身就把那束花送我了——因为只有我一个人送机。他说：我就借花献佛了！

王：把花送你了！

O：是呀！我当时接过花，开玩笑说：法师，我都成佛啦！他笑眯眯地看着我说：众生都是未来佛！

王：众生都是未来佛。

O：嗯，这是他跟我说的最后一句话，之后就去安检了。当时觉得，那不过是句场面上的玩笑话。

王：不以为然！

O：完全没有体会或感触。只想着，把他们安全送到机场，我就顺利完成这几天的接待任务，终于可以早点回家了！

王：凡夫的真实想法！

O：俗人嘛，还能有什么其他想法！但是过了这些年，随着阅历增长，细细看，慢慢体会生活，有一天突然想起法师这句话——众生都是未来佛，发现那完全不是场面上的玩笑话呀！

王：大师不讲场面上的玩笑话。

O：这是句实在话呀：每个人的本质都是一样的，都具备佛性，终有一天都会成佛的。只是大家成佛的时间、形式不一样，仅此而已。

王：哈哈，多年以后终于有点开悟了——你的速度也够慢的，圣严法师都圆寂好几年了。

O：呵呵，我就是坚持本性——蜗牛慢爬！我想圣严法师这些高僧是要度众生的，对速度悟性都没啥要求吧！估计那时候，法师就已经看到我的蜗牛本性了，说多了反正我也记不住。只跟我说了这么一句，就已经等了这么多年，还不能算开悟，只能算慢慢开始领悟其中意味。

王：人要有了历练才能体会，是个积累进步的过程。

O：是的。哈哈，我想，法师当时一定是看透了我的小心思——盘算着早点回家的俗人想法。但是他相信，自己的话在我心里播下了种子，终有一天会发芽的。

王：要耐心等待，不能拔苗助长。

O：嗯，耐心太重要了，特别对我这种小蜗牛。

王：拔苗助长会把小苗给折腾死的。

O：圣严法师送了哲学系几套他的文集——法鼓文化-人间净土。哈哈，鉴于我那几天的鞍前马后，哲学系特别“开恩”，转赠我一套。那时候我才开始真正接触佛教的书。

王：怪不得人家都说你佛缘深厚呢！有这么好的因缘，怎么都没皈依呀?!

O：哎呀，很多人都这样说，您也这样说！您不也没进人家那门吗?!

王：我没你这佛缘呀！

O：您这就是托辞呀！

## 大鸭大路，小鸭小路

O：我读了些圣严法师的书，有两大收获。第一，开始了解正信的佛教。发现原来佛教并不是什么求神拜佛，烧香祈福呀，我还挺吃惊的。

王：呵呵，原来觉得人家就是烧香拜佛，求神问卜的。

O：因为从小接受的教育，给我的印象，好像信佛的人就是到寺庙里烧香拜佛的。

王：觉得是封建迷信！

O：嗯。现在才知道，那是佛教世俗化后，人们为表达敬意，在世间的一些表现形式而已，跟佛教其实没多大关系。

王：但是很多人把这就当作佛教了。

O：那些连佛教的末都算不上，更不能当本了。

王：很多人是舍本逐末了！

O：是的，追求表面形式。第二个收获，读圣严法师的书，发现很多讲的就是为人处世的道理，跟皈不皈依佛教没有什么关系。像其中一本《找回自己》，是他在报刊上写的专栏集锦。结合很多生活实例，提出建议，帮助大众树立人生目的，找到人生方向，放下欲望，实现自我成长。

王：都是切实可行的方法。

O：都是些大白话，一点都不玄乎。特别是其中一段，我印象深刻。大约六十年代的时候，圣严法师三十多岁吧，准备闭关修行。一位老居士送了他四本书，是关于近代中国四大高僧的，印光、太虚、虚云和弘一。老居士问他，圣严法师，你要入关了，四大高僧中，你究竟准备走谁的路呢？

圣严法师说，我非常恭敬、敬仰这四位高僧，但我大概是没办法走他们任何一位的路，我走我圣严的路。老居士觉得这个年轻人好傲慢呀！他说，我不是傲慢，也不是没有出息，但我只能走自己的路。我会参考他们的路，他们是怎么走的，他们的好处，我会尽量地学习。但是我不要模仿谁，也不要自己一定成为哪位高僧的样子。

王：走自己的路。

O：是的。我读了，就觉得特别契合自己的内心。

王：不需要走谁的路，只要找到适合自己的路就好。

O：是的——这跟皈不皈依没什么关系吧？是普世适用的！哈哈，您知道吗，那章的题目叫：大鸭大路，小鸭小路。

王：大鸭大路，小鸭小路——有趣！

O：是呀，完全不是板着面孔说佛理经纶的，特别有意思！我就想，我这蜗牛呢，就走蜗牛路好了！

王：跟你的蜗牛理论也很契合！

O：是的，简直是一拍即合！

王：有共鸣。

O：深刻共鸣！

## 面对它，接受它，处理它，放下它

O：圣严法师的思想，对我影响最深的，是解决问题的十二字态度：面对它，接受它，处理它，放下它。

王：嗯，我也听说过，有朋友跟我讲过。

O：是他思想的精粹，影响很广。当时这几句话是印在小卡纸上，夹在他的书里。我把它取出来，压在办公室书桌上，时时提醒自己。别看就只十二个字，真要做起来太不容易了。

王：光做到“面对它”这三个字就很不容易了。

O：是呀。出现问题的时候，脑子跳出的第一个念头常常就是逃，逃得越远越好。

王：逃避问题。

O：面对问题需要很大的勇气和坚定的信心，其实也是最困难的。

王：有勇气面对，后面的就都好办多了。

O：是的。

## 进不进门都没关系

O：读了这些书，我更觉得皈不皈依根本就不是个事。

王：哈哈，没把你度进去，倒坚定了你不进门的心。

O：只是搞个皈依仪式，认个师父，也不能算真正进门了——如果自己一直把心放在门外，最多也只是看上去身进了门。

王：心不在焉——进门就成了表面工夫！

O：嗯，行《金刚经》的才能成佛呢！

王：只皈依形式，不行佛的内容，也没用！

O：是的。我不是不赞成进门，只是各人情况不一样，因缘不同，要因人而异。有些人确实需要皈依这种形式来约束自己，成就自己，既有因缘，也有意愿，内外一致，那就坚定皈依吧；但如果自己完全没这心，甚至有抵触排斥，那就没必要勉强了。

王：随心而行，不为形式所累！

O：是的，勉强自己不见得会收到什么效果——就像您安不了心念佛号，勉强也没用。我跟了圣严法师几天，他最后跟我说众生都是未来佛，也从来没问过我信佛么，皈依佛门没有呀！

王：大师不注重形式。

O：我想在大师的心中，众生都是平等的，皈不皈依并无差别。他一定是一视同仁的。

王：所以皈不皈依，念不念佛号，其实这些形式都没那么重要。今天聊完，我就越来越不纠结了。

O：您就别瞎纠结了——耗神！

## 做自己的心教徒

### （一）印度竹林精舍：疯狂的旅程

O：去年我和先生去印度参加了一个植树活动。

王：去植树?！不是去旅游?

O：不是。呵呵，告诉您实情，您肯定又觉得我们发疯了。

王：现在你说啥我都不吃惊了，反正你是个异类！

O：哈哈，好吧，您把类别定清楚了，我在那个类别里就属正常的了！我的泰国朋友，上次到您家来过的那个。

王：胖的那个?

O：是，胖的那个。他的皈依师父在印度竹林精舍遗址，组织了一个植树活动，邀请我们参加。

王：竹林精舍——就是佛陀说法授徒的地方吧！

O：就是那个地方，您还知道呢！

王：虽不进佛门，佛教常识还是有的。

O：就去两天，办完活动就回来。

王：只去两天？

O：今天去，搞完活动，第二天回。包机从曼谷飞印度。

王：所以你们还得先提前从广州飞到曼谷？

O：是。我们干了件大家都认为很疯狂的事情：四天坐了四趟国际航班，第一天广州飞曼谷，第二天曼谷飞印度，第三天印度飞曼谷，第四天曼谷飞广州。

王：哎呀，实在太疯狂了！搁我，也觉得你们不可理喻，既然去了还不多玩几天。

O：呵呵，知道的朋友都这样说我们，但实际情况确实不允许。像飞印度，因为是团队包机，往返时间都已经定好了。去的那个地方是印度最穷的邦，根本没有什么国际航线，我们这趟飞机还是经过申请特批的。

王：不是你自己想另外买机票就能飞回来的！

O：对，交通很不方便。我们走的时候，整个机场就两架飞机，我们这一架，还有一架飞首都新德里的。

王：你们可真够神的了！又不是佛教徒，为什么会参加他们的活动呢？

O：支持我的朋友。因为我知道，我和先生的出席对我的朋友很重要，是对他最有力的精神支持。我们既希望支持朋友，又能安排时间，也有这个经济能力，所以就去了呗！

王：根据你做不做一件事情的判断原则：先抛开钱，自己愿意做；再考虑钱，自己有能力做——所以就去做了！

O：哈哈，您记性确实超好！是的，完全应用这个原则！

王：完全是出于对朋友的支持！

O：是，朋友之间需要互相支持。在朋友需要的时候，给予能力范围内的无条件支持，特别是精神的支持，这对我自己也很重要。

王：千金难买一知己！

## （二）佛教徒？基督教徒？——心教徒！

O：在印度活动的时候，我见到一所美国私立大学的校长。他是美籍泰裔，正在泰国访问，也应邀参加了活动。他问我，你是佛教徒吗？我说不是。

王：想着你们专门从中国赶去参加人家的活动，肯定是佛教徒呀！

O：合理推断。他又问，是基督教徒吗？我说不是。他自己是基督教徒。

王：哈哈，啥徒都不是！

O：我说，如果一定要说是什么教徒，那我就是心教徒吧！

王：“新”教不也是基督教的分支吗？

O：是内心的“心”，不是新旧的“新”——我们用英文交流，不会出现这个歧义！

王：哦，心教徒！

O：如果一定要我皈依什么，那我就皈依自己的内心吧！

王：所以叫“心教徒”！

O：嗯。况且，在我心里，什么佛呀上帝呀先知呀，都是超级宽宏大量，慈悲包容的！哪里会那么小肚鸡肠，去计较你皈不皈依，进不进寺庙，去不去教堂呀！

王：哈哈，人家说星期天如果不去教堂做礼拜，上帝是要惩罚的！

O：哈哈，如果是那么小气的上帝，不信也罢了吧！很多说法，都不过是人用自己的小心眼，去度量神佛的肚量！

王：以小人之心度上帝之腹！

O：是呀！我想，如果这宇宙真有上帝或神佛存在，他们对我们的爱和包容也应该是无条件的，就像母亲对孩子一样！孩子犯错，给机会他改正就是，没什么大不了的。爱，不会因为孩子的犯错，而有半丝的减少——如果减少，那就不是爱了，不过是有条件的交换而已。

王：哈哈，在你心里，上帝和佛都是大慈悲大胸怀的，你不会恐惧！

O：当然！我相信正信的宗教，一定也是让人感受到博大的爱和温暖，也只有这样，才会有人追随，才会得以弘扬吧！让人恐惧的宗教，大多是被歪曲利用了的。我也想，什么是佛呢？佛就是智慧和慈悲吧！

王：一个拥有大智慧大慈悲的人，自然就是佛了。

## 命中注定与命由我造：努力玩呀玩游戏！

王：很多人都认为佛教是相信命中注定的，既然命中注定，自我努力就是徒劳了。

O：所以很多人迷恋算命。遇到什么不顺利的事，就说自己命不好，没办法。

王：嗯，那就是迷信，不是正信。我看好些佛家经典，其实都是告诉大家：命由我作，福自己求。人内省自身，扩充德性，力行善事，就是自作之福。所做善事，以纯净之心，真诚之志，就可以改变自己的命运。

O：命自我立，一切皆自造，要靠自己努力。看上去，命中注定和命由我造，好像是矛盾对立的。说起这个，我倒想起一本书里的比喻，就是关于命中注定和命由我造的，挺有意思。

王：哦？

O：那比喻说，人的生命历程就像我们玩电子游戏。

王：玩电子游戏？

O：嗯。您看，电子游戏怎么玩，玩到什么程度，什么水平，到多少级别，都是掌握在玩家的手里吧？

王：嗯，每个人的技术水平不一样，玩的过程和级别也不一样。

O：但电子游戏在设计的时候，其实已经考虑了所有选择的可能性。也就是说，不管你选哪一步，下一步将遇到什么情况，这些都是原先设定好了的，对吧？

王：对。

O：不管你玩得如何，每个游戏最后都是 game over！

王：游戏结束——但过程完全不一样。

O：是的，选择权还是掌握在玩家的手里。宇宙的规则就是这样：它确实是有各种设定的——我觉得就是因果，种瓜得瓜，种豆得豆啦——但是选择权在你自己的手里。

王：种善因得善果，种恶因得恶果。

O：我觉得因果很好理解，一点都不宿命。你播下野草的种子，难道还想着收获苹果么？哈哈，那也太任性了吧！

王：自己的每个选择，就是播下每粒种子。

O：对。面临选择时，我们可以选择爱，也可以选择恨；可以选择纠结，也可以选择放下。

王：选择权都在自己的手上。

O：是的。虽然每条路的状况和风景都是预设好的，但走哪条路还是我们自己决定的。这就是命中注定和命由我造的结合。

王：看似矛盾对立的双方辩证统一了！

O：是的。当时读了这个比喻，感觉豁然开朗。我以前也很纠结呀，因为小时候在乡下也有很多算命的。但即便命算得很好，人可能也会觉得，既然一切都命中注定了，那我这人生还有什么意义呢?!

王：太无趣了！

O：是呀！后来读了这个比喻，很受启发！

王：觉得自己还是有话语权的！

O：对，即便是设定好了，但选哪条路，怎么走，话语权完全在自己手里！其实还是个自我创造的过程，而不是受控于命。

王：就像玩游戏，在乎的是过程。

O：虽然最后都是 game over，但每次玩还是兴致盎然的！而且每次玩都会有收获——经验、教训、心得、体会，等等。这些都会带到下一次玩的过程，发生影响，自觉或不自觉地。

王：领悟越多，玩的水平可能也越来越高了！嗯，这就像佛家说，每世所作所为都会流转到下一世，成为业。

O：《前世今生》里也说，前世的学习会带到今生，今生的学习也会带到来世。

王：道理都一样。

O：最关键的是，知道选择权在自己手上，就不会总是怨天尤人了！

王：想改变命运也得靠自己。这个比喻确实挺有趣，自己选择，体验不同的生命过程。结果也就没那么重要了。

O：哈哈，反正都是 game over！

王：这样倒是更能关注过程，活在当下。

O：是的，更多关乎内心的修炼。

王：身体体验的根本，就是获得心灵的成长。

O：像王阳明先生的心学，倡导知行合一，推崇“事上练”，也是这个理。

王：确实，精神是相通的。可以实行开放主义，学习各门各派的精粹。博各家所长！

O：对呀，不用皈依哪门哪派，这样比较轻松自在！哈哈，也特别适合我这种懒人！要不每天要做这样那样的功课，学习各种仪规，估计到头来精髓没学到什么，倒先得把自己折腾得痛苦不堪。

王：自由自在，随缘就好！

O：是的。我有很多不同宗教信仰的朋友。我非常尊重他们，也很佩服他们，因为要虔诚地信奉某门宗教很不容易。

王：嗯，既要有机缘，更要有坚定的信念和自控力。

O：是的。不管信什么，我想只要是与人为善，助人为乐，传播爱的，就都是善信、正信吧！对建设和谐家庭、和谐社会，都是好事！

# 关于衰老与疾病

九个月，王老师反复出入医院，从可以走到家附近的餐厅跟我们喝茶，到只能在小区散步，到只能待在家里，或在医院，最后只能躺在床上。面对她身体的每况愈下，我们幻想可以视若无睹，却怎么也躲不开。在家或在医院，不管我们谈不谈论，衰老、疾病就静静地守候在那里。

## 英文翻译百篇：八十岁的译者，七十岁的编辑

（第一次到王老师家，她拿出两本自印书。）

王：你学英文的，有空帮我看看，这书达到出版水平了没有？

O：《英文翻译百篇》。您翻译的？

王：我哪里会英文呀！我小舅舅翻译的，我负责帮他排版编辑。我看不懂英文，主要给他看看中文。

O：这么多文章，老人家译了多久呀？

王：他八十多岁了，在浙江。退休在家，没什么事，每天从网络报刊把有意思的文章摘录下来，译成英文，坚持好几年了。

O：哇，太厉害了！他原来是搞翻译的吗？

王：不是，他是医生，但英语还不错。他认为翻译是很好的脑力运动，对锻炼脑子有好处——可以防止老年痴呆。

O：那可不是一般的运动，是很大量的运动呢！

王：我母亲家族的几个老人，去世前都患了老年痴呆，我母亲也是。我小舅舅担心家族遗传，自己以后也会这样。

O：所以要防患于未然。

王：他想起我父亲，就是他姐夫，每天朗诵英文著作，活络脑子，到走头脑都很清醒。我舅就萌生了翻译晚报小短文的念头。从那以后，他每天去办公室，上网读报，下载喜欢的文章，逐字逐句翻译。风雨无阻，连春节国庆这些假期也不间断。

O：您就帮他收集起来，印成这个册子？

王：嗯，我看他每年翻译下来，作品也不少，里面的小短文也很有意思，就这样放着太可惜了！那时候身体还好，就主动请缨，帮他把这些短文编辑成册。

O：您的强项！

王：还行。后来他就每天选定文章，翻译出来，然后发邮件给我。积累一年，我就把它编册印刷。

O：真不错，一个八十多岁的老作者，一个快七十岁的老编辑！您真是专业人士，这书晃眼看去，就跟正式出版似的。

王：我前年生病了没给他弄，他的学生就照我之前做的样子，给弄了一本。我现在好些了，正忙着编去年那本呢！

O：这编辑排版工作也很辛苦的，您悠着点！

王：得赶在春节前印出来，给老人家寄过去。

O：春节前？那还有不到一个月的时间了！要编、校、印，还要设计封面，时间太紧了！

王：是呀，所以我得抓紧呢——分秒必争！你有空帮我看看这英文翻译得怎么样。我想着，看能不能找家出版社正式出版。

O：不过我倒觉得，正不正式出版都不重要——本来老人家做这翻译也不是为了出版的。您别太着急，把自己累着了！

王：那倒是，随缘吧！

## 晚年典范：经济自立，生活自理，生死自控

（春节后，我再到王老师家拜访。）

O：您失联了这大半个月，电话短信都不通——我还纳闷呢，您总不能出国了吧?!

王：就我这情况，出门都成问题，还指望出国?！上次你们来，我不是说，要赶新一辑的《英文翻译百篇》吗?

O：记得，您当时说要赶在春节前做好，给老人家寄去！

王：一月三十号搞完，三十一号我就倒下了。

O：哎，上次我就说您得悠着点，给自己的时间压力太大，太辛苦了！您也真够厉害的，非把活干完才倒下！

王：嗯，估计也就是撑着！一完成，精神一放松，就倒下了！住院了，手机被儿子没收了，所以就失联啦！

O：就该收缴，否则你还得操多少其他的心呢！

王：后来打开手机，发现你打过好几次电话，还发了短信。还有北京一家出版社的编辑，也打过好多次电话——他们之前跟我联系，让我主持一套丛书的编写。病倒前，我刚写完丛书的大纲和编写计划，还没来得及修改给他们呢！

O：您就是个工作狂！活该儿子把电话没收了，要不您

肯定不能安心休养，一定要带病工作了！

王：这不，就在医院过了个春节！中医说我精神太紧张，耗神费心，操劳过度，再次唤醒了癌细胞。

O：本来人家都睡着了，相安无事，没打算骚扰您。

王：哎，没办法，之前学校退休职工还有些争取权益的杂事，要我帮忙写材料，不写也说不过去呀——谁让咱是语文老师呢！

O：事情加在一起，让自己身心都很疲惫！

王：是，很累。我躺在床上就想，人老了，病了，怎么这么痛苦呢?!

O：……

王：我想想自己认识的人，父母长辈同辈，大多都进入晚年了。我父母很恩爱，携手走过大半生。但是我母亲晚年也患上老年痴呆，走的时候都认不得人了。我父亲晚几年走，是无疾而终。

O：无疾而终?!

王：嗯，走的时候九十三岁。他就是我学习的典范。他说，晚年要坚持三原则：经济自立，生活自理，生死自控。

O：经济自立和生活自理比较好理解，生死自控好像有点匪夷所思！

王：嗯，当时他跟我讲，我也不以为然，生死怎么可能自控呢？但是老人家就是做到了，三个原则都做到了！

O：哇，太不可思议了！

王：经济自立。这个比较容易，他是离休的，有比较好的经济和医疗保障。

O：经济没有问题。

王：生活自理。我父亲一直保持着良好的饮食和锻炼习惯。后来为了锻炼脑子，防止退化，每天都在家里大声朗诵英文原著。

O：您小舅舅做英语翻译，就是受您父亲的启发。

王：对。我父亲是每天大声朗诵——他说朗诵对气的运行有帮助——而且是英文图书，有利于促进脑部活动。

O：嗯，我看过一篇报道，说有研究发现，晚年学习一两门外语，对预防老年痴呆有明显的疗效。

王：因为得和中文互译，脑子自然就动起来了。我父亲性格豁达乐观，心情开朗，这个对保持好身体也有重要影响。

O：决定性的影响。

王：我母亲去世后，我哥想接他去一起住。但他不同意，坚持要自己住。

O：坚持生活自理。

王：嗯。我哥住得近，帮忙买东西，早中晚过来问候。

O：九十岁的老人，生活还能自理，太难得了！

王：最难得的是生死自控。

O：这不是一般人能想象的，更别说做到了。

王：他不止一次跟我说，他什么时候走一定是自己说了算的。我那时候心想，死这事，谁能自己说了算呢！

O：所以不以为然。

王：但是他最后竟然实实在在做到了。那天早晨，自己在家就走了，躺在床上，无疾而终。

O：没有人在身边?!

王：没有。我哥跟平常一样，买好早餐放在桌上，等我父亲自己起来再吃。我父亲一般没那么早起——他要在床上练气功。

O：练气功？

王：是，练了很多年了，他说对身体好！那天中午，我哥再去他家，发现早餐没吃，进房间一看，我父亲安详地躺在床上，已经走了。

O：太神奇了！

王：后来送医院开死亡证明，要写死因，医生都不知道该怎么写。

O：因为是无疾而终——根本没有什么病因呀！

王：嗯，最后只能随便写了个病因充数。我后来想，我父亲练了这么多年气功，从不间断，估计还是帮助他调节了自身的生理机能的！

O：像电影里那些大师高手一样，一闭气，说走就走，从容潇洒！

王：我真没想到他可以做到生死自控！

O：这么多年您也没跟老人家偷偷师，学学气功啥的？

王：没有，我和我哥都没学到半丁点。

## 从铁人到半个抗癌专家

王：查出患癌前，我身体一直很好。几十年了，甚至连感冒都很少，人家都叫我王铁人。

O：您也太强悍了！

王：很少休息，就像不知道疲倦。

O：确诊癌症，是要强制您休息了！

王：我从来没有想过，自己有一天会倒下，还是因为癌症，太可笑了。所以诊断出来时，从心上就不能接受——质疑、愤怒、沮丧、伤心……

O：不相信这事会发生在自己头上。

王：不相信。各种情绪涌上心头，除了接受现状。但是不管你接不接受，治疗方案马上就提上日程了。对付癌症，现在医院都有一整套标准的治疗方案：手术、化疗。

O：不能保守治疗？

王：我的情况已经不能保守治疗了，做手术是唯一的选项。

O：没有其他选择了。

王：没有。做完手术，做了六期的化疗。

O：化疗对身体的影响很大吧！

王：非常大。各种反应，头晕、恶心、浑身乏力……整个人都垮了，身体到精神，很痛苦。

O：好歹熬过来了！

王：那时候才真正知道，什么叫痛不欲生！

O：所以我们喝茶的时候，您一见我，就跟我说，两年前您已经在鬼门关走过一圈，没进去，算重生了——现在两岁！

王：是，那时候我已经做好了死的准备，后事都安排好了，自己也有死的心，觉得活着太痛苦了！

O：只是还没到时候，您想走也走不了。

王：是的，那时候我更佩服我父亲了。

O：能做到生死自控！

王：等精神好些，我就开始找书看——各种各样关于癌症治疗，还有抗击癌症的书。

O：我看您书架上还挺多这些书的。

王：那时候认为要认真对待，仔细了解手术、化疗、药物的作用，和各种后遗症。医生开的每一样药，我都要上网查，看它们的作用和副作用。

O：力求治疗做得清清楚楚，药吃得明明白白——您把对工作的认真态度都转移到治疗上了！

王：就是什么都要弄个明明白白——那时候认为是认真，后来中医说是较真。

O：较真？

王：是。生病不到一年，我都成半个抗癌专家了。很多常用抗癌药物的疗效和副作用，我都了然于心。住院的时候，还给其他病友提供咨询，和医生讨论效果。

O：那您都弄清楚了？

王：作为病人，很少有人像我这样较真钻研的。特别是病都到中晚期了，谁还有这心思精力折腾呢？！

O：一般都是听医生的。

王：是。

O：呵呵，但您不是一般的病人。您把各种治疗手段，还有用药，都了解得那么清楚，心里应该很踏实了。

王：我原来也以为是这样的，所以才认真研究，但事实证明，远非如此。譬如，你了解一种药的疗效和副作用，你的注意力会不自觉地放在副作用上，而经常忽视了它的正疗效。

O：本能地担心副作用会发生在自己身上。

王：是，即使它发生的概率很小，或者副作用程度很低。

O：因为不断暗示和担心，副作用可能会被不断放大。

王：是的，自己也会越来越焦虑，对治疗和康复都不利。还有，因为了解，我会形成自己的主观判断。这种判断和医生的治疗方案，有时候可能会发生冲突。这个时候，自己怎么选择？

O：您还能不听医生的?!

王：其实压根没有其他选择，只有一个选择项。

O：您接受治疗，就只能听医生的！

王：是的，只能听医生的。这样，自己的内心倾向和实际治疗方案就会产生矛盾。

O：因为你打心里排斥这治疗方案，但又要服从，很纠结。

王：特别是治疗效果不明显的时候，你就会责怪医院，抱怨医生不听你的。其实里面有一个很明显的问题——你自己的判断也可能是错误的！但当时你不会这样想，只会认为治疗效果不好，就是因为医生不听你的意见。你的判断就是正确的，有问题都是医院和医生的问题。

O：那就是说，不了解更好些，一无所知更有利治疗了？

王：不是要一无所知，是要信任。不管你了解多少，当接受治疗的时候，要信任，信任医生，信任治疗方案。

O：精神状态和潜意识，对治疗效果有着重要的影响。

王：非常重要的影响。同样的治疗方案，当你质疑时，治疗效果就已经开始打折了，最终效果也不会好到哪里去。

O：佛家说，你看到的都是你所相信的世界。从一开始，您就不相信它会有好的治疗效果，所以，它最终也就如您所愿，不会有好的效果了。

王：是的，天随人愿。

## 身心同治：两条腿走路

王：很多生病的人，都会觉得自己怎么这么倒霉，这病怎么会生在自己身上，这医院和医生水平怎么那么差，开的药怎么那么不给力，手术为什么就不能铲除病根呢……种种抱怨。

O：可以理解。

王：这两年我一直病，也一直想，其实病由心生呀！病不是无缘无故地发生在我们身上的，是我们的心先有了病，身体只是它的外在体现而已。

O：很少人会说自己心里有病的。

王：开始我也不认为，自己心里有什么病。

O：您这么达观，怎么看都不像心里有病的呀！

王：其实是不敢面对，不愿意接受，总觉得自己心理很健康呀！更何况我还是个老师，还经常给别人做心理咨询呢，怎么可能心有病呢?!

O：确实如此。

王：心有病，不是说你患了心脏病，或者其他什么心脑疾病。当没有了安宁愉悦的心情，总感到疲惫、焦虑，或者烦躁、迷茫，甚至是无聊的时候，你的心其实已经生病了。

O：只是我们不知道，或者说常常不留意而已。

王：我们都太忙了，身体太忙了，关注心灵似乎是件很奢侈的事情。

O：很多人都认为，关注心灵或精神，这些形而上的东西，都是吃饱了撑着没事干的人才会想的事情。

王：当有一天，我们的身体以病倒的方式，真实展现了自己内心的状况，我们会感到吃惊，甚至愤怒。

O：想来，是我们自己不可理喻了！

王：我仔细想了想，反思自己，觉得这些年自己的心是很累的，很多东西放不下。只是因为总有事情在忙着，没多想，可能也是恐惧，不敢停下来想，不敢面对。

O：怕一想，认真面对，自己会受不了。

王：但事实上，我们是躲不掉的。内心才是我们真正需要关注的，是根本，身体都不过是呈现。我们借用身体这个躯壳，去经历去体验。

O：但大多时候我们都本末倒置了！

王：所以病要治，需由心治。不从心上治，这病也没法根治。治心比治身难多了！

O：治身易，治心难。

王：这治心主要靠自己，不是吃几颗抗抑郁药就能治好了的，是一辈子的事情，甚至几十辈子几百辈子的事情。

O：像您父亲，豁达乐观，心就很健康。

王：是。我自己还差得远呢，这辈子看来是治不完了。不过想通了也是好事，至少心情平和多了，不会老纠结“为什么是我”这种问题，对死亡也看得坦然些！

O：那您现在还吃药吗？

王：吃，当然得吃，心身都得治！不能唯心主义呀，得两条腿走路嘛——身心同治！我现在还定期看中医。

## 情志疗法：一笔一画地写字

王：除了开中药剂，这位中医还开了个情志疗法的方，就是给我治心的。

O：情志疗法？没听说过。

王：根据情志疗法的药方，我每天要写一页的句子。

O：写句子？不是吃药呀？

王：写句子就跟吃药一样。这些句子都是医生根据我个人情况，对我进行观察、了解，布置下的作业。譬如：我不应该太执着；我不应该生气；我不应该太着急；我不应该太较真……每天写，写满一页。

（王老师进书房，拿出一小叠本子。）

O：这些小本本就是您的作业呀！这么多！

王：已经写了快两年了。你不要小看写这些字，好像很简单。开始情志治疗的时候，我刚做完几期化疗，手连握笔都非常困难，写的字都是歪歪扭扭的，你看这第一本。医生还有个特别要求，每个字必须一笔一画地写，就像刚开始学写字的小学生那样。

O：不能连笔！怪不得我看您写得这么工整呢，完全不像您平常写的字呀！

王：我当了几十年的语文老师，行书草书，龙飞凤舞都习惯了。不能连笔，一笔一画写字，太难了！

O：是呀，几十年的书写习惯，很难改！

王：写了好长一段时间，每次写都要不断有意识地提醒自己，才慢慢适应了，一笔一画地写字。

O：您觉得这疗法效果不错？

王：情志疗法对我最大的帮助，是让我心情平静多了。因为生病、手术、化疗，很长一段时间，整个人都处于焦虑烦躁、惆怅无奈的状态。每天写这些字，不见得对身体恢复有多大帮助，但现在只要一拿起笔，自己的心就定了，觉得特别安宁。

O：心安就是最好的治疗效果！

王：现在我对治疗结果也没那么纠结在意了。

O：选择信任医生，坚定执行医生的治疗方案。

王：这样一来，我整个人真的感觉如释重负了！

O：呵呵，原来把治疗的重担都扛在自己的肩上。

王：当你只关注治疗的过程，关注自己的感受，身体各种指标不见得好了多少，但因为心情轻松了，对身体的各种状况都容易接受，生活质量倒是明显提高了。

O：至少心情好了！

王：是的，自己高兴了，家里人、身边的朋友也都高兴些。大家相处也愉快多了！

O：情绪是会传染的！

王：原来自己跟怨妇似的，看谁都不顺眼，看什么都不顺心。

O：那癌细胞指标什么的，如果降不下去，怎么办？

王：能降下去自然高兴，降不下去我也不纠结了，共存呗！更何况，不是说医生只负责治病，不负责治命的，纠结也没用！

## 重大发现：那圆圆的光脑袋

（春节前癌病复发，王老师再次住院、手术、化疗。随着化疗进行，她的头发开始脱落，先是后脑勺慢慢秃了，后来其他地方的头发也开始脱落，越来越稀疏，逐渐成光头了。为了不让她难过，我去看她，刻意不看她的头，从不提头发的事，只说她的脸色不错，直到有一次她主动提起。）

王：告诉你，我今天看到自己的头了！

O：……？

王：我仔细瞧了瞧，有个重大发现呢——我的头型还不错，圆圆的光脑袋！

O：哈哈，是挺圆的！

王：患了癌，要做化疗，我都不愿意照镜子。我知道自己的头发掉得差不多了。一个光头，肯定很难看！

O：其实也不怎么难看。

王：今天早上，我开电视，对着屏幕等信号，突然看到黑色屏幕里，反照出我的光头了——我都好久没照过镜子了！

O：吓了自己一跳？

王：先吓了一小跳，再左右端详一下。还行，发现我的脑袋挺圆的，头型还不错——以前有头发遮住了，都看不出来呢！

O：呵呵，一毛遮目——头发遮掩了脑袋的光芒。

王：我再仔细瞧瞧，这光头还不算太难看嘛！

O：我就说不难看，不是安慰您的，您还不信！

王：两年前做完化疗，头发掉光了，我就没照过镜子。

O：不能接受！

王：看来我这次有进步了——心胸的进步！

O：飞跃性的进步！

## 脱胎换皮的小鲜肉

（化疗一般是挂门诊，做完就回家，不需要住院。4 月，我给王老师打电话，她告诉我她住院了。第二天我买了一小篮插花，到医院看她。这是我第一次在医院见王老师。）

王：咦，你怎么跑来了？昨天电话里，我没跟你说在哪家医院呀——你怎么找到这地方的？……不过也是，小 O 是神人呀，要找，还有找不到的么?!

O：哈哈，谢谢王老师夸奖！我昨天给您电话，您说又卧倒了，就近住院——您家附近就只有这家医院，都不用猜啦！路在鼻子下嘛，嗅着问着就找到了呗！

王：不错，嗅觉还挺灵敏。

O：您看着精神还不错呀！这次是怎么回事呢？

王：精神还行，就是必须卧床，不能下床活动。

O：这么严重！

王：一个化疗疗程，总共要做六次。我这回做到第四次，血色素就降到只有几了。

O：正常的血色素是多少？

王：一百三十、一百四十吧！

O：啊，您连十都不到——就是说，您都没什么血啦?!

王：自身不能够正常造血——造血细胞罢工了，得输血。你看，手脚全黑了。

O：真的，没什么血色！

王：现在已经好多了，刚进来的时候更吓人，整个人基本都是黑的——医生估计都觉得没救了。输了这几天血，已经好多了，但是医生说只能卧床，不能起来走动。

O：怕您碰到摔到，问题就更大了。

王：还蜕皮呢！（她伸出手，又拉起裤腿给我看。）你瞧，都脱胎换皮了！

O：（我握着她的手仔细瞧，掉皮真的很严重。）哎哟，可不是吗，都长出小鲜肉了！哈哈，好粉嫩呀，像初生婴儿！

王：嗯，绝对小鲜肉……你这花真漂亮，小篮子也精致！

O：我不知道您能吃什么，不敢买什么补品过来。

王：不用，现在也吃不了什么，都靠输液。花就挺好，看着高兴！

O：高兴就好。我不敢买大束的，怕您这不好放，所以就选了这个小篮子。

王：你帮我把它摆在床头柜上，最好能找个什么东西垫高点——这样我躺在床上也能看到。

O：好，我找个盒子垫上。

王：我看到这花，就想到小O了！

O：哈哈，让我常常骚扰您！

## 躺着进来，走着出去

（过了几天，我再去医院看望王老师。她已经能下床走动了，康复速度让我吃惊。）

O：啊，您都能下地走动了，太好了！

王：嗯，自己可以慢慢走了！

O：恢复得很快呀！

王：还行，超出预期！你又带花来啦！

O：上次我看您挺喜欢，想着过了几天，那花也该蔫了，给您换上新的。

王：我是很喜欢那花。可护士说，按规定，病房里不给摆花。那花才在我的病房待了一天，第二天就被撤走了！

O：啊，这样呀！可能是怕花粉对病人有不良影响，可以理解。

王：不清楚。我交代她们，把那花放到护士站，给我好好看着！

O：呵呵，没关系啦，也只能摆几天而已。等会儿我走，把这花带回去就是。

王：不用，我让儿子带回家摆着——反正我打算明天就出院了！

O：明天您就可以出院了?!

王：反正现在在这里，也只是输些营养液，没什么其他治疗。我想回家自己慢慢调理。

O：那也好，回家总是方便些！

王：嘻嘻，我昨天跟医生说，我想出院了。他说，这两天再观察一下，如果没什么问题，可以考虑出院。明天就是周五了，我可不想在这里再多待个周末。

O：……

（闲聊了一个多小时，我起身准备走。）

王：（凑到我耳边轻声说）昨天我还无意中听到，那医生跟护士嘀咕：没想到这王老师还能出院了！

O：啊，啥意思？他们本来觉得您这次出不了院啦？

王：嗯，可不是吗，我这次进来的时候，情况太吓人了！

O：整个“黑人”！

王：我是他们这里的常客了。估计这回他们想着，我可能会躺着进来，躺着出去——没救了！可没想到，我居然又走着出去了！（王老师眼中透出一丝狡黠和得意，如孩童般顽皮。）

O：出乎医生意料——创造奇迹了！

王：哈哈，创造奇迹！

O：太好了，我们又可以在您家里聊天了！

（第二天，王老师如期出院。因为反应过于激烈，她最终放弃了最后两次化疗，改由中医调理为主。自此之后，王老师病情反反复复，按她的说法，就是不断地进宫出宫。我们的见面地点不停地在她家和医院间切换，只是从未间断。）

（7 月中，我和家人到英国访友旅游，8 月初回来。回到广州第二天，我给王老师电话。）

王：哎哟，小 O，你回来啦！你去英国二十天，我在医院躺了十九天。昨天刚出院呢！

O：啊，怎么回事？我走之前去看您，状态还可以呀！

王：还是因为化疗。这次更彻底，只做了一次，就直接倒下了！

O：这样呀！您先别多说话了，好好休息。我过两天去看您，您再详细跟我说哈！

王：好，咱见面再聊。

## 一次就倒下的化疗：两全其美

（过了两天，我到王老师家，她正斜靠在沙发上。之前王老师做手术，肠头做了造口术，连着个袋子。为了不挤压伤口，医生说最好是平躺着。王老师不愿意大白天老平躺着，所以大部分时间都斜靠在沙发上，看看电视，或跟来访亲朋聊聊天。）

O：呵呵，您还真够想我的。我一走，您就躺医院；我一回来，您就回家了。

王：可不是吗，你走第二天我就躺进去了！

O：哈哈，不知道的，还以为您害相思病，想我想得都病倒了呢！

王：可真就有这么巧的事。

O：咋整的？我走之前来看您，觉得精神还挺不错的。

王：咱们见完面那周，我去例行检查。出来结果，说癌细胞指标还是很高！

O：一直没降下来。

王：嗯，医生说要化疗，医院刚进了新药，让我试试！

O：您上次倒下了，不是说不再做化疗了吗？

王：我自己是不愿意做的，但是医生建议做，俩儿子也说要做呀！

O：俩儿子也是一片孝心，看着这指标，不能不管呀！

王：是，他们心里过不去呀，眼瞧着老妈的癌指标那么高，医生也说要做化疗。不做嘛，人家说这儿子怎么当的！

O：还以为儿子图省钱呢！更重要的是，他们总还抱着一丝希望，希望癌细胞指标最终能降下来！

王：是，一天没死，都让人觉得还有希望！我知道他们很难。

O：他们内心一定是非常煎熬的！

王：所以我就答应他们再试一次吧！

O：您也是为了成全俩儿子的希望。

王：很大程度上是的。我这身体，现在已经不是完全属于自己的了，不能自主决定。但是确实没想到，才做了一次，我就直接倒下了！反应太激烈，人立马就不行了，直接住院，一住就快二十天。

O：看来您和这新药相冲呀！

王：就是，不合。不过也好，这一次就倒下，没再折腾，儿子也都死了再让我做化疗的心。

O：不忍心再让您受这折磨了！一次倒下，老天就是明明白白地跟您说：不要试了，这对您没用。

王：对，我也是这样想的。没让我再多折腾几次，花钱遭罪！这回倒两全其美了，既让儿子坦然，也随了我的心愿。

（从那以后，王老师再也没有接受化疗了，采用中医调理和她的自然疗法——顺其自然，无为而治！）

## 施亦美，受亦美

（生病期间，王老师家一直没有请保姆。）

O：您家一直没请保姆？

王：请了个钟点工，帮忙搞一下卫生。

O：您每天熬两次中药，还自己做饭，不觉得太辛苦了么？

王：我的原则是，自己能做的都自己做，绝不麻烦别人，包括儿子。

O：呵呵，还挺好强。

王：我的生活从来都是独立自主的，尽量不要麻烦别人。多个外人在家，我也不自在。这两年病了，生活自理是我对自己的最低要求了。尽量不给家人添麻烦，不给朋友添麻烦，不给单位添麻烦。

O：生活能自理当然是最好的，大家都放心。但有时候，接受别人帮助也是需要的，不叫添麻烦。

王：……

O：我最近读《前世今生2》，有个案例对我很有启发。

王：什么案例？

O：有位女士到作者那里去做治疗。她母亲去世了，她自己一直很抑郁，也很愤懑。她认为世界太不公平，因为她母亲一辈子都独立自主，且乐善好施，深受家人朋友尊敬。但是在生命最后三年，母亲罹患绝症。虽然奋力抗争，但还是慢慢失去了生活的独立性，到最后完全不能自理，依赖别人全天候照顾。她母亲非常痛苦，因为觉得自己的存在，给别人添了很多的麻烦。不能自理自主，是母亲最为恐惧，也最不能容忍的。

王：完全能够理解。这也是我最恐惧，最不能容忍的。

O：母亲去世后，这位女士仍然很纠结。她想不通，充满了愤怒，也很痛苦。她不能理解，为什么生命要让母亲在最后几年遭受这样的折磨。

王：所以希望通过催眠治疗，找到根源，解开她的心结？

O：嗯。在催眠过程中，她得到非常清晰的信息：她母亲很好，她不需要纠结。母亲不过是用了生命最后的三年，去学习如何接受别人的爱和帮助。

王：不能自理也是一个学习的过程？

O：是的。因为她母亲一直都很独立，很能干，总在帮助别人，但很少接受别人的帮助，认为不需要。就像您说的，不想麻烦别人。失去自理能力，让她不得不接受别人的帮助，虽然从形式上看，她很被动，但仍然是她学习和成长的过程。

王：……

O：我读这个案例的时候，便想到了您。您这辈子都在帮助别人，从来不考虑自己的私利，做到了真正的大公无私。而且您也是不大愿意接受别人帮助的，老觉得麻烦人。我觉得这个案例传递的信息挺有道理。我想，您生病的这两年多，可能也是一个学习接受帮助的过程吧！

王：呵呵，你是想让我更坦然地接受别人的帮助。

O：我想，接受和施与一样，都是美德呢！

王：施亦美，受亦美。

O：嗯。如果每个人都只想着接受，未免太自私，肯定不好。但如果每个人都只是施与，不愿意接受，这施者也不知道该往哪里施呀，总得有接受对象吧！

王：要平衡。

O：是呀，生命就是寻求一个平衡点，有施有受，社会才能正常运作，才能和谐吧！您看，您几十年帮助了那么多人，家人、朋友、同事、学生，还有萍水相逢，甚至是素不相识的人。大家肯定也很希望在您需要的时候，能够帮助一下您，表达一下谢意或敬意。但是如果您一味拒绝，就是没有给人施与的渠道和机会呀！

王：哈哈，你这说得，我要求自理，倒成不近人情了！

O：呵呵，那倒不是，一切能自理当然好，但需要的时候，接受别人帮助也不是件坏事呀！像您需要“每临大事有静气”的横联，我请老师写，再裱上给您送过来。这些是我们有能力做的，不过举手之劳，但您就老说给我们添了麻烦。

王：确实是给你们添了麻烦呀！

O：我们力所能及，又极其乐意做的，就不叫麻烦，叫互相帮助。如果您勉强我做力所不能及，或者不乐意做的事情，那就叫麻烦！能给您效点小劳，我们这些小辈高兴得很呢！

王：你可真会说话，说来说去，不过就是想让我心里舒坦些，坦然接受你们的帮助！

O：哈哈，您就当给小辈点机会，让我们也刷刷存在感嘛！

# 关于死亡

九个月来，王老师病情虽然反复，但我们的聊天总是轻松愉快的。在最后一次见面之前，我从来没有觉得，自己面对的是一个绝症病人，一个随时可能去赴死神之约的人，因为王老师一直这么健谈，风趣幽默，温暖轻快。然而，死神恪尽职守，死亡没有因为我们的谈笑风生而远离。

死亡，是我们无法回避的话题。死亡，死亡——在我这四十年的生命里，虽然也先后经历了多位亲人的离世，但从来没有像现在这样：一个与死神几次擦肩且时刻随行的人，跟我说，咱们聊聊死吧！

## 咱们聊聊死吧之一：必死无疑

王：两年前我就准备好死了，都安排好后事了。哎，可惜没死成，又回来了！

O：呵呵，还没完成任务呢，想跑也跑不了！

王：任务没完，时间未到。

O：要是您两年前就走了，咱们就没机会重聚了！

王：看来我们缘分未了。在我走之前，要再和你重聚。

O：随缘就好。

王：但是你知道吗，当一个人已经准备好去死，却又死不去的时候，其实是很痛苦的。

O：上次您说过——痛不欲生！

王：是的，痛不欲生。咱们聊聊死吧！

O：……

王：你忌讳吗？

O：还好，不忌讳。

（王老师对死亡话题的坦然，倒让我释然，没有我想象中的尴尬。为什么我会想象尴尬呢？我也说不清楚。当你需要面对一个话题，一个被大家普遍忌讳且从来不愿意直面的话题，还是和一个身患绝症、一直在鬼门关徘徊的人谈论死亡，那种感觉真的很复杂。我必须承认，虽然不忌讳，但我是忐忑的，甚至有些惶恐。）

王：我们的文化还是很忌讳谈死的。

O：嗯，提到死字，大家都会觉得很不吉利。

王：但我们谁都逃不过，不是吗?！任凭你是谁，不管你位高权重，或是高僧大德，或像我父亲，无疾而终，但最后也还得“终”了不是！

O：死是我们身体的必然归宿。

王：必死无疑。对死亡的恐惧，是我们的终极恐惧，其他恐惧的来源。

O：因为恐惧，所以都不愿意谈论它，面对它。

王：但是越不面对，就越发恐惧。

O：好像只要不提到它，它就不存在了。

王：但事实上，它每时每刻都存在呀，如影随形，比任何事情都肯定。你不能肯定，自己是否会事业有成，是否会家庭幸福，是否会和你的爱人相守一生，但是你却能万分肯定，总有一天，你会死去。

O：听上去很残酷。

王：但真相就是这样，事实如此。

O：只是没有谁愿意这样赤裸裸地承认真相。

王：赤裸裸，这词用得不错。生命本来就是赤裸裸的。

O：但人总喜欢遮遮掩掩。

王：在外面加了太多的包装纸，大家都看不清本质了。

O：或者说忘了。

王：我以前也不想，更不愿意说——多不吉利呀，好好的说什么死呢！特别是父母年纪大了，时不时就会提到，我死了以后，要怎么样怎么样。我也会说，快别说了，瞎想什么呢，你肯定会长命百岁的！

O：自己也不敢面对亲人的离世。

王：不愿意面对。但即便真是长命百岁，最终也还是要死的呀！老人这么说，怎么能算瞎想呢?!

O：活到百岁，只是时间较平均寿命要长些。

王：时间、形式各有差异，结局毫无区别。现在等到自己跟死神面对面了，我才开始理解，父母为什么想谈论死。

O：因为老人已经随时要面对这个问题了，有更深切的体会，所以希望谈论。

王：是的，但是我却没有给他们谈论死的机会，自己也失去了宝贵的学习机会。

O：谢谢您给我这个学习的机会。

王：我也想跟别人谈论呀，但是都说不得。跟同龄朋友说，才提起就被打住了；给家里人说几句，他们也不乐意。

O：谈论死，大家会很难受，也怕您难受。

王：你大概是唯一愿意认真听我谈论死的朋友了！

O：我就当您给我上堂死亡课吧——哈佛大学就有这样一门选修课，听说还挺热门的！

王：那就好，你不忌讳，我就放心了。因为缺乏谈论和了解，我们对死亡充满了恐惧。我们总是担心失去这失去那，其实归根结底都是怕死。食物、房子、车子、衣服等等，一切物质，都是为了保证我们这身体的舒适度。我们以为有了这些，我们就不会死了，或者不会怕死了。

O：呵呵，死神就站在那冷笑——你们就拼命抢吧，存着吧，等我来收你们的时候，一件都带不走。

王：两腿一伸，所有物质对我们都没有意义了！

O：您的意思是物质很多余啰？

王：不是，是多余的物质很多余。

O：……？

王：是我们的欲望，混淆了生活必需和自己想要。人其实不需要太多东西，就可以活着。

O：但是现在的电视、广告、社会舆论都是告诉你，你需要更多更好，你值得拥有更多更好，所以你应该追求更多更好。似乎只有这样，才是更有意义的人生。

王：我们在聊你的辞职的时候，讨论过什么是更好的问题，并不是更多更大，就更好了。

O：嗯，我当时问您一百和五百平方的房子，选哪个。

王：我选的是一百平方，不是越大就越好。你也说过自己白粥咸菜的欲望。我们应该常常停下脚步，问问自己，我这样生活、奋斗，内心会因此更加安宁，更加喜悦吗？这是我内心真正的需求吗？

O：不要让自己迷失方向！但这跟死亡有什么关系呢？

王：呵呵，死不能选择，但怎么活着还是能选择的——你那玩电子游戏的理论。

O：命由我造！

王：嗯。如果一个人清楚自己生命的意义，清楚自己的人生使命，享受生命的过程，当他面对死亡的时候，就会更坦然，更从容。

O：享受过程，更坦然接受死亡的结局。

## 咱们聊聊死吧之二：有尊严地离开

王：我们也讨论过灵魂的问题。

O：您相信灵魂，说灵魂和精神是相通的。

王：对。我以前也不关注灵不灵魂的东西，觉得相信灵魂就是封建迷信了，我们成长的那个年代更容不得。

O：看不到摸不着的都是封建迷信。

王：但我们在工作、生活中，常说这个精神那个精神，看得见摸得着吗？但精神却可以贯彻到实践中。像创造精神，是可以指导工作生产和学习生活的。像心灵感应，息息相通，说的都是我们精神的感应。

O：相信灵魂跟死亡有什么关系？

王：相信精神，相信灵魂，你就从死亡的囚笼里释放出来了！死亡的囚笼，也是我们自己给自己造的。

O：作茧自缚。

王：死去的是你的身体，灵魂是不灭的。

O：精神不死。

王：这肉身会老去，就像一台机器。有的机器性能好，耐用些，用的时间长点；有的性能差些，时间就短点，或者需要不断维修。但最终都会彻底坏掉的，也修不好了，就报废吧。

O：报废了就换台新机器！

王：我这台老旧机器，现在就处于大修状态，不是动动小手术，就能修好的了。呵呵，看上去修理的效果也不怎么样，等着报废吧！

O：大修的过程，还是很痛苦。

王：到这份上，对死亡，我已经没有恐惧了。有时候就想着，赶紧报废吧，不要浪费大家的时间精力了。

O：呵呵，彻底换台新机器！

王：我现在的恐惧，主要是害怕彻底丧失生活自理能力。我已经眼睁睁看着，自己的独立性在一点点地丧失。终有一天，我会完全丧失的。

O：您害怕自己没法独立自主地生活？

王：已经不可能独立自主地生活了！两年前确诊癌症开始，手术、化疗，我就看着自己的独立能力一点点丧失，对生活的掌控力一点点消减，活动范围也缩小到家和医院。

O：这种自由和独立能力的丧失，让您恐惧。

王：十分恐惧！你知道，我是希望生活自理的——虽然你一再说，接受帮助也是美德，但我还是不愿意依赖别人苟延残喘，更不愿意依靠各种机器维持生命。那种人生对我而言，已经没有意义了！我不愿意，自己全身插满管子离开这个世界。

O：希望有尊严地离开。

王：是的。但是到最后，总是很难按照自己的意愿办，因为自己已经不能控制，不是自己说了算了。

O：医院要抢救，家人也要抢救。

王：但是对于病人，至少像我这种准备好要死，甚至是渴望安然死去的病人，这种抢救是很痛苦的，是一种折磨。

O：但是不抢救，从伦理道德上说不过去，医院会被认为失职，家人则被认定寡情，会受到社会舆论的抨击，自己内心也可能受到谴责。

王：救死扶伤是医学的目的，这个没错。但是仅仅依赖现代医学技术，让人像机器一样活着，完全不考虑病人的意愿和尊严，我是不赞成的。这样的所谓活着有什么意义呢?！——对病人和身边的人，都是一种折磨。现在很多人，都是全身插满管子，躺在 ICU，戴着呼吸机去世的。我不愿意自己这样。

O：巴金最后几年都躺在医院插管生活。他不止一次说过，长寿就是生命对他最大的惩罚。

王：在尊重病人意愿，和所谓医学伦理之间，找到平衡点，确实不容易。但无论如何，我还是希望，自己有尊严地离开，不要做无谓的抢救!

O：必要的抢救还是要做的!

王：蒙田说，要给别人腾出地方，就像别人给你腾地方一样。我现在已经做好准备了，随时给别人腾地方!

## 最后的心愿

(9 月初，我去家里看望王老师。)

O：今天看上去，精神很不错呀！

王：还行，感觉良好……跟你说，儿子媳妇周末给我做了道俄罗斯菜！

O：真的？太棒了！哈哈，怪不得看上去这么满足呢！

王：嗯，很满足！我这样反反复复地住院、出院、再住院，今天不知明天事，估计剩下的时间也不多了。

O：还是顺其自然吧！咱不是说，没完成任务，想跑也跑不了！

王：也只能顺其自然了！前段时间，儿子问我还有什么心愿。我想想，也没有什么未了的心愿——两年前我就已经安排过一次后事了。嗯，就是想起小时候吃的一道菜。

O：小时候吃的菜还记得呀？

王：其实也记不清了，有个大概。那时候，我父亲是高级工程师，母亲是小学校长，我上面有个哥哥。家里经济情况不错，我的童年是无忧无虑的。

O：幸福的童年时光！

王：童年，是我一生最幸福的时光了！星期天，我们一家常常到公园玩，之后就去餐厅吃饭。

O：呵呵，您是早就过上了小资生活呀！

王：当时我们家经济状况确实还不错，而且那时候，我国和苏联的关系还没有恶化，天津还有一些俄罗斯餐厅。我记得在一家俄罗斯餐厅，吃过一道菜，感觉很棒！就是特别想念！

O：还记得名字和里面的材料呀？

王：名字完全记不起来了，材料也很模糊。我跟儿子说了个大概。他们很有孝心，根据我含含糊糊的描述，上网查，还找餐厅咨询，居然还大致确认了我说的那道菜。

O：现在还有俄罗斯餐厅做这道菜吗？

王：很少了，况且我现在这大半的废人，也不可能外出就餐呀！所以儿子就根据资料食谱，采购食材，自己在家做。

O：自学成才呀！

王：还真给他们弄出那道菜来了呢！哈哈，他们还摆拍，把这菜晒到网上朋友圈里了！

O：哈哈，一定是好评如潮——太有成就感了！跟您以前吃的味道像么？

王：哎，几十年了，我哪里还记得那个味道呀！只是儿子这么用心，不管是什么味道，我都已经很满足，很欣慰了！

O：孝心无价！

王：我想，我怀念的不是那个味道，或者那道菜，是怀念童年无忧无虑的时光吧！

O：嗯，一种情怀。

王：我们总以为，小时候的事情，很快就会忘记了。其实，我们所有的经历和感受，都是深刻于灵魂的——记忆并不会被洗刷，不知道什么时候就会冒出来了！

## 最后的短信

9 月 27 日，中秋节。我给王老师发去短信：中秋快乐呀！据说今晚月亮九年来最大最圆，不容错过哦！我昨天看着书，突然脑子冒出句话：人要看谁都欢喜，病就好了！它出现几次，清晰而简洁，就像我平常无来由冒出的念头和直觉一样。我一再琢磨，之后看到书上说，人心管着病呢，人有病，都由心上而起。心要彻底放下，病自然就好了！我忽释然：人要能把心彻底放下，自然看谁都是欢喜的。心无挂碍，病自然就好了。道理原都是相通的呢！我便又想到了您，哈哈，愿您鹰一样锐利的眼睛，看啥人啥事都越来越欢喜哈!!

9 月 28 日，王老师复来短信：这两天人来人往的没顾上复你的信息。（注：平常王老师回信息都是秒回，速度超快，所以第二天回复，很不符合她的风格习惯了。）你这次灵性话说得真好！不是有个欢喜佛吗？岂是谁都修得成的！对人对事有喜有恶也许源自欲求自私，从自身需求选择，修行才能无欲无求。我还差得太远。病由心生我是深有体会啦，难在真的把心放下。你在此非常优秀，一定会健康快乐一百岁。我在遥远的或天或地之际望着你。

（这是王老师发给我的最后一条短信。最后一句话，让我感到一丝唏嘘。大概那个时候，王老师已经预感到，自己很快就要赴死神之约了！）

## 最后的聊天

(10 月 2 日，我致电王老师。)

王：小 O，知道我现在哪吗？

O：您现在就只有两个地方可以待，家和医院。您这样问，肯定是在医院啦！

王：哎哟，可不就是嘛！刚过完中秋就又进来了！

O：您别多说话了，好好歇着。改天我去看您，再详细聊哈！

王：好。

(很奇怪，这次跟王老师讲电话，很短，我却有种异样的感觉——之前从来没有过的感觉。虽然她的声音依然清晰，语气依旧轻松，但我的感觉就是不一样了。怎么不一样，我也说不清楚，但就是不一样了。放下电话，我跟先生说，王老师这次可能过不去了。我从来都很相信自己的直觉，但这一次，我多么希望，我的直觉是错误的！我一直期盼，那只是我的胡思乱想！)

(10 月 3 日，我到医院看望。推开门，看到王老师正躺在床上闭目休息。两位阿姨坐在边上，说着话。看到我，一位阿姨说，这肯定是小欧了！啊，是，我应道。嗯，王老师常跟我们提起你。正说着话，王老师微微睁开眼，说：哦，小 O 来了。

两位阿姨把我让到王老师床边。我请教两位阿姨称呼。原来她们都是王老师的老同事，多年的老朋友。我坐到王老师床边，握了握她的手。）

O：手还挺暖和的。怎么样，很疼吗？

王：现在不疼了。之前疼，在家一宿一宿都睡不着觉。住院后，医生打了药，现在不疼了。可就是睡觉，原来睡不着，现在成睡不醒了。说着话都能睡着呢！

（说完，她闭上了眼睛。过了一会儿，她睁开眼，定定地望着天花板。）

王：死怎么这么难呀！

（边上年长的老师听到，马上说：看，又胡说了，快别提了，老是瞎想。

我理解这位老人家的好意，死本来就是大家忌讳的字眼，特别在这么敏感的节骨眼上，死更是不能提的。更何况，这阿姨比王老师还年长，跟王老师住同一个宿舍区，感情深厚，每天或电话或见面。看着王老师现在这样子，她心里该有多难受呀！

不过王老师已经不管这些了，大概也因为我们曾讨论过死亡。她知道我不忌讳谈死，我也没打算逃避这个逃不过的话题。她说过，很少有人愿意听她谈死。他们总说她胡思乱想。所以我想，聆听，可能是我能给她的最后的礼物了。）

王：太难了！都到了了，怎么还这么难呀！（王老师长叹一声。）

O：咱不是说，要顺其自然嘛，时间还没到，不着急，耐心等候呀！

（我希望自己语气能尽量轻松些。）

## 最后的见面

(10月8日，我再到医院看望。推开门，一下跃入我眼帘的，竟是王老师肿胀的肚子！病房里没有其他人，她半起了身，掀开被子，焦急地呼喊着什么。我赶紧快步走过去，问：怎么了，王老师，需要什么吗?

她没回答，继续喊着。我才听清，她在喊着大儿子的名字。我说，您找他吗，我给您出去看看。手机手机，她反复叫着。我从床头柜找到她的手机，递给她。她一边喊着儿子名字，一边拨电话。这个时候，儿子推门进来了。)

王：你跑哪去了，都不见人影。我也没几天了，你就不能给我好好待着吗！

(我有点愕然，之前从来没见过王老师这样惊慌失措。)

儿子：我这才出去不到两分钟！

(跟上次见面不过几天工夫，王老师身体状况急转直下，生活已不能自理，活动范围只在床上。我想，她是不愿意别人看见她的无助，所以儿子需要时刻守护在身旁。)

儿子：她现在一刻都离不开人了，只要见不着我就喊。(她儿子轻声跟我说。)

O：脾气也变得很着急了。

儿子：哎，病人嘛，都这样。可以理解。

(我看着床边的监测仪——这是王老师以前那么多次住院都没有出现过的，问：现在情况怎么样呢?)

儿子：还算稳定吧，就是肚子胀，查了也没积水，不知道为什么。

我看着王老师，提高声音说：憋着一肚子气呗。您教学生语文，不是说气鼓鼓的吗，这就是气鼓鼓的，多形象呀！

（我尽量调侃她，希望给她带来些轻松，哪怕只是一丁点。这时候王老师闭着眼，听着话，嘴角却掠过了一丝微笑。这是我看到她的最后一笑了。）

（她侧过身，背对我们，面向窗外。我走过去，发现她是睁着眼睛的，眼神虽然没有了往日的光彩，但却是出了神地望着窗外。病房在一楼，窗外隔着条马路对着医院的小花园。躺在床上，看不到马路或花园地面，只能看到几棵大树的树枝，还有天空。）

看什么呢？我问。

风景，她说。要多看几眼，很快我就看不到了。

她转过身，又出神地看着我：也要多看我们小O几眼。（她的眼神满是贪婪和不舍。）

我心里一紧，很难过，嘴上却还是轻轻巧巧地说：哪里会呢！咱都是相信灵魂的人，等您离了这身臭皮囊，到时想去哪就去哪，想见谁就见谁。哪里像现在这么困身呀！

王老师看着我，没说话。后来，也没怎么说话了，安安静静地在输液。

你回去吧，王老师突然跟我说。

等您吊完两瓶药，我就回去！我说。

王老师也没再坚持让我走，只是一直看着窗外。

我和她儿子有一搭没一搭地聊着。等两瓶药输完，我起身说：王老师，我回去了。您记得千万别生气呀！即便走，咱也不要走得气鼓鼓的，记住啦！

（王老师转过身，一直看着我，我却已不能直视，快步走出房门。还没走出病区，我发现自己已泪流满面。我意识到，这可能是我们最后一次见面了。九个月来，我第一次嗅到了死亡的味道——死神已经恭候在侧了。）

回到家，我想不大好，王老师病情急转直下，估计很多朋友都没有预料到。我给她的两位挚友发去短信：我今早去医院看望王虹老师，她的情况不大理想，较之3号我去看望她差了很多。说话气息很弱，完全不能自理，精神上和身体上半刻都离不开人了，但意识还清醒。我这几个月基本每周都去看望她，这次是情况最糟糕的一次。关键是她已完全没有了生存的意志，只想快些结束这难以忍受的痛苦。我不知道这次她能否闯过此关，所以想想还是给你们发个短信，希望我是多虑了！

王老师的两位挚友很快回复。其中一位在北京，刚经历至亲大姐去世的伤痛，仍在服丧，没想到王老师情况亦如此危急。连续的打击，她内心的痛苦难以想象。另一位老师十一期间亦曾探视，复信说尽快再前往探望。

10月11日，王老师挚友发来短信，说去医院看望了王老师，她不怎么说话，有时候说的话也跟事实不符。

## 化蝶而去

10月13日清晨，我在自家阳台地面上，发现停着一只黑蝴蝶。一个念头直接跃入脑海：王老师今天要走了吗——这是来报信的吗?！我不敢细想，蹲下来仔细观察那只蝴蝶。它的一边翅膀折了，只能轻轻扑腾几下，已经飞不起来了。两边黑色翅膀上都有一小圈白色，像两只眼睛，直直地盯着我。天，我感到一阵眩晕，这跟王老师最后看我的眼神，怎么那么像呀?！

整个上午，我都心绪不宁，时不时到阳台看那只蝴蝶。那只黑蝴蝶一直都静静地待在那里。中午，先生回来，我让他把蝴蝶移到花盆上，放在叶间，让它舒服些。我对着黑蝴蝶说：您是来给我报信的吗？如果王老师要走，一定让她走好呀！

午睡起来，我再到阳台，那黑蝴蝶却已不知所踪。我把周围细细检查了一遍，还是没找到一丝它的痕迹。随缘吧，我心里默念。

17：43，收到王老师挚友的短信：王虹老师已于今天下午4时仙逝。愿她一路走好！

# 关于人生

8月中旬以后，大概感觉到自己来日不多，王老师与我聊天，越来越多地涉及人生的话题。回顾她的人生，分享她的领悟，似乎在做着她的人生总结。

## 人生诚苦，仍可喜乐

王：人生真是苦。

O：啊，在我看来，相对其他很多人的人生，您的人生应该不算苦了吧！

王：每个人的人生都是苦的，不管是达官显贵，还是平民乞丐。知道为什么人生是苦的吗？

O：人生不如意十之八九呗——太多的烦心事！

王：这仅仅是看到的表面现象。人生之所以苦，根源在于我们的精神和思想是自由的，也就是灵魂是自由的——可以自由自在地飞翔，完全不受时空限制，但是我们的身体，却是非常有限的，受时间、空间的限制。

O：身体与灵魂不能统一。

王：嗯，因为身、心、灵不能一致，活在这个世上就觉得受困，像困兽一样——实际上也是。受困于有限的肉身，感到局促，感到痛苦。这是苦的根源。

O：所以佛家说苦海无边！大家都好可怜。

王：不是好可怜，是好不容易。

O：就像我们之前说的，我们是精神体，藉着身体，进行着体验，而不是身体进行着精神的体验。

王：嗯，托生在这人身，大家都很不容易。佛说要了脱生死，才能出苦海。

O：但我们都只是凡人，哪那么容易呢！不知得托生多少世，还要不断修行，才可能了脱生死——还不知道能不能！

王：看到大家都不容易这一点，人更容易互相尊重。

O：我曾经读过一句话，大意是说，大家活在这个世上都不容易，要互相予以方便和关爱。

王：确实是这样。每个人都是有精神和灵魂的，让无限的精神，生活在这么小小的躯壳里，想想都觉得挺不容易的。我有时候想，人得有多大的勇气，才会投生在这世上呢！

O：哈哈，您说得我都对自己肃然起敬了！

王：应该呀，尊重别人，也要尊重自己。

O：但这苦海无涯的，岂不是都没什么快乐希望了——我还指望着幸福生活呢！

王：那倒不是没有希望。虽说是苦海，投生在这世上，也不过是为了锤炼我们的内心。通过内心的修炼，我们还是可以达到安宁喜乐的境界的。你看圣严法师，他喜乐吗？

O：喜乐，非常安宁喜乐！

王：因为他有很好的内在修为，由内而发，你和他身边的人，就都会感受到他的安宁和喜乐。

O：那倒是！呵呵，所以即便在这个苦海里，我们仍然是有希望，到达喜乐祥和的彼岸——还好还好，还有希望！

王：当然有希望，否则在这个世上的修炼就没有意义了！

## 向死而生：人是很渺小的

王：《前世今生》里说，死的时候我们不能带走任何物质，但是我们的精神，和在世间学习到的经验教训，是不会随着躯体而消失的。它会一直伴随我们成长，到很多很多世。

O：佛家也说“业力流转”。

王：我相信，精神确实是可以传承的，于自己，于别人。人大部分的痛苦都来自内在的精神，而不是外部环境的压迫。

O：但是很多人会觉得，是因为外部环境不如人意，所以自己才痛苦。像工作不好，收入不高，身体生病，都是外在的因素，让自己感到痛苦。

王：这只是表象。人很多时候都只看表象，不看本质。同样的环境下，每个人的感受不一样。有人可能感到痛苦，有人觉得还不错，有人却可能欣喜万分。都不过是各人内心不一样，看事情的角度不同。

O：呵呵，就像彩票中了小奖，有人懊恼只是小奖，有人欣喜，觉得是上天的眷顾，或者暗示好运的降临。

王：因为自己的欲望得不到满足，所以痛苦。

O：很多痛苦源自自身的欲望。

王：像你在幸福课里说的，要降低欲望，提高能力，才能提高幸福指数嘛！

O：呵呵，您记得可真清楚！

王：李开复，你听说过吧？

O：听说过，IT界名人嘛！好像也患了癌症?!

王：嗯，他最近出了本书，叫《向死而生》，讲述他生病后，与癌症做斗争的经历和感悟。

O：抗癌的书呀！呵呵，您现在又开始看抗癌的书啦?!

王：看了篇报道，没看书——哎，我现在哪里还有精力读完一本书呀！报道里有个摘选，我觉得挺有启发。

O：哦？

王：李开复生病后，朋友带他到台湾佛光山，拜访星云法师。法师问他的人生目标。他不假思索地回答：最大化影响力，世界因我不同。

O：胸怀天下的气魄！

王：生病前几个月，他刚刚被评为“影响世界百大人物”之一，还是美国《时代周刊》评选的。他说，那是他长久以来的人生信仰，也一直激励着他，在事业上不断奋斗。

O：所以他事业取得那么辉煌的成就，一点也不奇怪了！

王：嗯，努力的成果。但是星云法师说，这样太危险了。李开复觉得很奇怪，“最大化影响力，世界因我不同”，这有什么不妥呢？

O：这样的豪言壮语，听上去也挺正能量的！

王：星云法师的话，让我印象深刻。他说，我们人是很渺小的，多一个我，少一个我，世界不会有增减。你要“世界因我不同”，这也太狂妄了！……什么是“最大化影响力”？一个人如果老想着扩大自己的影响力，你想想，那其实是在追求名利啊！问问自己的心吧！千万不要自己骗自己。

O：名利披上理想这件华丽外衣，可能连自己都看不清真相了！

王：嗯。“人是很渺小的，多一个我，少一个我，世界不会有增减。”法师这句话，对我也是警醒。人是很渺小的，不要太自以为是，不要太苛刻。其实人能够做好自己，管好自己，把爱善的光芒传递出去，这辈子就算有很好的交代了。

## 人生既无偶然，亦无理所当然

王：我到这份上，每天在鬼门关打转，可以回过头，看看自己的一生了。老说人生并无偶然，以前不懂，也不相信。

O：认为人生很多事情，就是偶然事件！

王：是的，觉得就是偶然发生在自己身上。现在回头看，才真真切切感受到，人生确实并无偶然。

O：呵呵，指的是命中注定么？

王：不是从宿命论的观点看这句话。是意识到，发生在自己身上的每件事，都有它的特别意义。只是大多数情况下，当它正在发生的时候，我们根本看不到它的意义，因为我们都太沉醉其中了。

O：当局者迷，经常处于无意识，或不自觉状态。

王：人常常困在局里，很难超脱出来。既看不到前因，也看不到后果，所以看不清楚它的意义。

O：但是在事后，特别是比较久以后，再回过头来看，前因后果，经常就会看得比较清楚了！

王：是的，但人常常不会回头看。即便回头看，也大多是缅怀一下逝去的美好时光，或者悔不当初，不会思考其中因果。所以，大多数人还是不会认识到，任何事情发生都有它的意义。

O：老是觉得偶然事件太多，自己总在被动应对外部发生的各种状况！除了疲于应付，不会觉得这些偶然事件有什么意义。

王：嗯，所以说世人都容易迷了。譬如我到广州来。我跟你讲过，我来广州是很被动的。

O：因为叔叔要调过来工作，您是被动跟随过来的。

王：以前从没想过，自己会在广州工作、生活、退休，度过后半生。

O：想着这辈子就待在天津了。

王：是的，离开天津的念头，我都没出现过。刚来广州，我是有怨气的，以前也没想过会到中专教学。现在回头看，事实也证明，来广州，确实开启了我事业发展的新天地。

O：可能比在天津发展还好，但那时候您没有这样想过？

王：没有。很长一段时间，都是满肚子的气。但是既然来了，总得把自己的工作做好，给学校个交代吧，仅此而已。

O：呵呵，比较有责任心！

王：我们这代人，接受的是革命教育，责任心还是比较强的。但刚开始就是要有个交代，给自己，给学校。在天津那么多年的教学经历，打下良好的基础，我到广州很快就打开了局面。

O：您很快成了全省中专语文教学的领军人物。

王：领军说不上，也不重要。但广州，的确给我提供了很好的平台，我自己热爱的语文教学也得到继续。

O：事业开启了新的春天。

王：现在回头看，其实都是环环相扣的。人生中很多地方都埋下了伏笔，只是有些事情，相互间隔的时间比较长，我们没留意，或者没想过，把它们连接起来。

O：哈哈，譬如我们这十多年后的重聚。

王：对，譬如我们的重聚。相隔十多年，我们再重聚，一定不仅仅只是见个面。它在我们的生命中，一定有特别的意义。

O：只是我们现在还看不清楚。

王：现在能看到一些，以后会看得更清晰。像我们常常这样见面聊天，对我们都是成长。

O：嗯，是您对我的指导，一对一的人生辅导。

王：不是指导，是分享。

O：有时候，我会把咱们的见面当成您给我上课。

王：这是相互的。你去上幸福课，不也是和学生分享吗?!

O：哈哈，那是因为我没有能力给人家专业指导嘛！

王：你的很多故事，也给了我启发和慰藉。

O：我要谢谢您，愿意听我瞎扯那些天马行空的故事！

王：这么有趣，很愿意听呢！要不我老闲在家里，闷得发慌！你知道，我当了一辈子的老师，就是想跟人说说话聊聊天。

O：现在大家都忙，没有时间，连朋友都很难见面了。

王：有个人有时间，愿意听你说话，互相还能产生精神共鸣，这是非常难得的！

O：哈哈，这也算我辞职的副产品——有时间来跟您说说话聊聊天！

王：嗯，很好。所以你的辞职也是有深意的！

O：现在还看不清楚，得等以后回头看，才能看清楚。

王：一定要记得回头看，时时提醒自己。这样，你才能看到，生命本就是环环相扣的！

O：嗯，记住了。

王：相信人生没有偶然，还有个好处。你会更关注自己当下——但不是迷于当下。

O：知道当下的行为对将来会有影响，更要认真对待。

王：不用老费劲想着将来，做好当下再说。

O：也别纠缠过去。

王：对，就是佛家说的活在当下。所以，即便是面对生命中的种种不完美，甚至是非常糟糕的事情，我们也要努力学习，从不完美中，看到它的完美和意义。一切都是最好的安排。

O：一切都是最好的安排——常常听说，但好像只是听上去很美的一句话。

王：不仅仅听上去很美，是事实如此。

O：只是大家都很难看到，或者根本不相信。

王：特别在遭遇困难的时候。像我现在生病了，很痛苦，也会常常忘记提醒自己，疾病的意义，从中看到生命的完美。

O：这太难了！都痛不欲生了，这个要求太高。

王：没有想象那么难，不过是心念一转。其实不是要求，是提醒。这种提醒，对缓解痛苦的心情也很有帮助。

O：会转移些注意力。

王：嗯，否则关注力都在病痛上，还会加剧它的痛苦程度。往往只是心念一转，便会豁然开朗。不是身体会因此好了多少，但是心情会好很多。

O：精神上会舒服些。

王：嗯。但是年轻的时候不会这样看，总是看到种种的不对，或不公。很可惜！

O：这大概就是我们人生成长的过程吧！

王：是的。大概需要经历了生命的种种，来到生命的最后时刻，人才会看得更加清楚。我跟你讲这些，是我的教训多过经验。我也希望，你能比我更早地看清楚，也帮助更多人，让大家有意识地、自觉地在这世上活着，而不是被动地随波逐流。

O：谢谢您的指引。我会努力，尽我所能。

王：人生既无偶然，也无理所当然。

O：……？

王：太多事情我们都想当然了，不会珍惜，或者说，没想过要珍惜。像出门逛街，买菜做饭，看书读报，相聚聊天，这些都是生活里普普通通的事。我们都认为是理所当然的。

O：都是日常生活的一部分。

王：但是，到我现在这种情况，才发现，以前认为理所当然的事情，并不是那么理所当然的！出门逛逛，和朋友聚餐吃饭，对于我这大半个废人，都已经是没有办法实现的奢望了！

O：失去了才知道可贵。

王：是的，人常常要失去了，才知道可贵。千万不要等到失去了，才追悔莫及。在你拥有的时候，就要学会珍惜。时时提醒自己，感激生命。生命中拥有的一切，都不是理所当然的。即便是自己吃饭穿衣上厕所，这些看上去最寻常的事情——有一天，都可能成为你可望而不可即的难事。

## 尊重别人的选择，不要指手画脚

王：生病后，我去看中医调理。医生说我太较真了，对人要宽容些。

O：啊，您待人已经很宽容了！

王：我开始也觉得自己不较真呀，挺宽容的！医生说，你回去好好审视一下，想想自己较不较真。我回到家，还真仔细琢磨。

O：呵呵，认真的病人！

王：嗯，医生的建议，咱要严肃对待。想了几天，发现自己确实挺较真的！

O：哦，怎么较法？

王：我是个爱憎分明的人。

O：爱憎分明，是褒义词吧?！有原则呀！

王：我原来也这样想，后来越琢磨，越觉得有问题。爱很好理解了，但为什么要憎呢？

O：因为觉得别人不对，所以要憎呀！

王：嗯，是觉得不对，但那是根据自己的标准，认为别人不对。就像我们之前说的，每个人都活在自己画的圈子里，都认为自己是对的。

O：对与不对，因为角度不同而不同。

王：只有相对而言，并没有绝对的对错。譬如，我们看这人插队挤公交，当然不对；但那插队的人可能认为，只要自己能挤上公交，不管采取什么手段，都是对的。

O：衡量标准不一样。每个人都认为自己做的是对的。

王：标准不一样。每个人心里都有把尺子，但每把尺子的量度标准是不一样的。而且，人生就是一个大学校，每个人都在学习，程度不一样，标准和选择也会有差异。

O：嗯，就像一年级学生能做的就是一年级的题。给他五年级的题，他肯定就会做错了。

王：因为他还不懂，水平还达不到，要学习——不断犯错，不断纠正，也是我们学习的过程。

O：所以不存在绝对的对或错——但违法乱纪的事肯定是错的呀！

王：对于我们或其他守法的人，那肯定是错的；但对于违法的人，他们可能就不这样认为了。

O：还是衡量的标准不一样。

王：是。我自己以前非常有原则，越是对亲近的人，越是严格要求。所谓严格要求，肯定都是按自己的标准来呀！

O：您也是为了他们好。

王：说起来都这样。特别是做父母的，一遇到孩子不听从自己的意见，就最爱说，我都是为了你好。但是究深了，还是为了自己的私欲。

O：因为要求别人，肯定都是按自己的标准来！

王：对，越严格，也就是越较真的过程。

O：那看到自己觉得不对的事情，怎么办呢？听之任之?!

王：不是听之任之，要关心，要观察，但不要憎恨，或者抱怨。憎恨和抱怨，都是非常负面的情绪，会产生负能量，对改善情况毫无作用。

O：甚至会恶化情况。

王：而且一定会影响自己的心情，时间长了，就会影响身体，因为它们释放出来的都是毒素。

O：情绪影响身体状况，倒是早就得到证明了。

王：是。像我这种情况，自己原来不知道，不觉得自己有什么问题，但其实积累了很多负面情绪，到一定程度，它就爆发了。身体状况，是内在情绪的一种反映。

O：但我觉得您已经非常积极乐观了！

王：积极还可以，乐观不算。像医生说，我较真呀，还不自知。像大儿子，一个技术宅男，老待在家里，晚睡晚起。我就看不惯，受不了，整天说他，日子怎么能这样过呢！

O：呵呵，必须得找个正式的工作才能过！当初听说我辞职，您一开始也接受不了呀！

王：就是固守老思想。其实每个人，都有选择自己生活的权利。即便是父母对孩子，也不应该总是对他的选择指手画脚。

O：可以提供建议，但尊重他的选择。

王：尊重，非常重要。因为每个人都有不同的路要走——像圣严法师说的，大鸭大路，小鸭小路。没必要，也不可能，强求所有的人走同样的路。

## 随手丢垃圾的思考：学会细心观察，不要妄下判断

王：要学会观察，但不要判断，特别是妄下判断。

O：不要判断？我们从小学习的，就是怎么提高自己的判断能力呀！

王：嗯，所以我们都练就了很不错的判断思维：凡事都

进行判断归类，对或错，好或坏，应该不应该。

O：这难道不好吗？我们的行为规范，还有很多规章制度，都是根据应不应该制定的！

王：不存在绝对的好或不好，是看行为对希望实现的目标是否有帮助。很多政策的制定，出发点是好的，但执行起来有很多问题，就是因为仅仅依赖单一的判断标准进行管理。

O：但现实中，问题通常要复杂得多。

王：嗯，所以要学会细心观察，耐心查找问题的起因，积极解决，但不要妄下判断。我们大部分的判断，都是妄下判断。

O：哦？

王：譬如，在马路上看到一个孩子随手丢垃圾，你可能会判断：这孩子真不乖，太淘气，或者这孩子真没家教，这家长是怎么当的。

O：嗯，很自然的判断。

王：但事实情况，远非那么简单：可能确实没有人教过孩子，要把垃圾扔到垃圾桶里——他的父母每日忙于生计，根本没空管孩子；也可能附近没有垃圾桶，孩子拿了垃圾很久，实在找不着，就随手扔了；也可能孩子手太小了，一时没拿紧，垃圾掉下来，孩子自己没留意，你看到了……

O：有很多的情况和背后的原因，我们可能并不了解。

王：就像别人看你辞职，只看到这个行为，看不到背后的原因和你的想法，很容易形成自己的判断，产生各种猜想。

O：这倒是。

王：如果我们希望孩子改掉这个习惯，或者希望保持良好的卫生环境，仅仅做出“孩子不乖”的判断，或抱怨两句，对问题解决没有什么帮助。

O：仅仅是在自己的心里，产生一丁点不愉快的情绪。

王：是的，这种不愉快的情绪，可能非常细微——细微到连你自己都没有察觉到，因为你可能也只是路过。

O：但事实上，这种情绪已经释放了不利于健康的负能量，即便是一丁点。

王：我们的每个起心动念，都会产生影响，不管你察不察觉，有没有意识。

O：所以每个起心动念都很重要。

王：非常重要。

O：怎么让行为服务目标呢？

王：学会观察，看什么可行——就像你说的管用。譬如你的目的是保持干净的环境。如果你跟孩子是熟悉的，你可以指出来，告诉孩子，如果每个人都随手丢垃圾，我们就会生活在垃圾山里了，然后跟孩子一起把垃圾捡起来，扔到垃圾桶里；或者你只是路过，不可能跟孩子说这些，你依然可以自己把垃圾捡起来，扔到垃圾桶里。

O：不过是举手之劳，但大多数人都不会这样做，或者说很容易就忘了——光记得责怪别人乱扔垃圾了。

王：责怪或者抱怨，既不会改善环境，也不会改善孩子的习惯。

O：甚至会引起口角。

王：是的。责怪或埋怨他人，不能有效服务保持环境卫生的目的。

O：所以不要责怪，或者抱怨。

王：对，做你能做的就好了。

O：譬如把垃圾捡起来，扔到垃圾桶！

王：是的。你的善举，可能会影响孩子或其他路人，可能谁也不会影响，但是你确实让环境变得更干净整洁了。

O：也至少影响了自己！

王：嗯。所以要想着如何解决问题，改善情况，而不是急于下判断，责怪他人。

O：富兰克林说过一句话：机会来临的时候，如果你能快速行动，就像你急于下结论一样，你就会成功。

王：判断太着急，行动又太迟缓——人的通病。

## 地球是宇宙众多学校之一：关于爱的学习

王：《前世今生》里有个说法，说地球是所大学校，每个人都在其中学习和成长。

O：嗯，还说地球是宇宙众多学校的一个。

王：每个星星都可能是所学校。

O：真正的多如繁星！

王：我觉得这个说法挺有意思，也回答了我们活在这个地球上的意义问题。

O：通过在这世上的种种体验，来学习和成长。

王：是的。学校里有不同年级、不同水平的学生，有些人学习速度快些，有些慢些。每个人既是老师，也是学生，互相学习，共同成长。

O：呵呵，真正的教学相长！

王：是，虽然大家的学习程度不一样，但本质是一样的。书里有个很好的比喻，说其实每个人都是千面钻石，都闪闪发光，但是世俗的灰尘让光面蒙了垢，需要我们擦拭、还原。有些人勤奋擦拭，很多光面都已清理干净，所以绽放出耀眼的光芒；其他人疏于打理，很多光面被积尘覆盖，甚至已经忘记自己原本是颗钻石，所以看上去黯淡无光。

O：但大家的钻石本质都是一样的。总有一天，所有的人都会找回自己的光芒，只是时间和形式问题。

王：嗯，在这所大学校里，虽然大家学习的形式和进度不一样，但学习内容都是一样的：都是关于爱的学习——爱和被爱。我们的人生都是关于爱的学习，爱自己，爱别人。纯粹地、无条件地爱。

O：呵呵，但在现代社会，很多爱都是有条件的。很多姑娘会对小伙子说，你如果爱我，就要给我买钻戒、买房子——要有所表示！

王：现在还流行一种说法：如果没有足够的经济能力，你就失去了爱的资格。

O：哈哈，还说中国丈母娘推动了房地产事业的发展！

王：嗯，听上去确实很残酷。但那不是爱，不是真正的爱，不过是有条件的物质交换而已。

O：物物交换，钱钱交易。

王：每个人都有爱的资格，也有爱的能力。爱的表现方式很多，跟金钱或物质关系不大。给陌生人一个微笑就是爱，在别人需要的时候，给予支持和帮助也是爱，捡起路边的垃圾，一个温暖的问候，都是爱。怎么会没有爱的资格呢?!

O：现在大家都希望把爱物化，否则觉得没办法衡量。

王：爱心爱心，爱跟人的发心有关，跟金钱多少关系不大。就像灾难降临，一个乞丐捐一百块钱，不见得比一个企业捐一千万要轻。

O：嗯，因为乞丐捐钱助人的心可能更加纯粹，企业还会有社会声誉等其他考虑。

王：纯粹的心最可贵。

O：您说到关于爱的学习，我倒想起了《前世今生2》里说的个案。有个自闭症孩子的家长去作者的诊所，寻求催眠治疗。

王：现在自闭症孩子好像挺多，以前都没怎么听说过。

O：是的，发生率挺高。我身边有朋友的孩子，也有亲戚的孩子，被确诊患了自闭症。这些家庭都走得很艰难，不仅仅在经济上，更多是在精神上，家人要经历常人难以想象的煎熬。

王：看不到治疗的效果，还可能面临对孩子的终身照顾。

O：是的。书里介绍的个案就是这样，家长非常痛苦，不知道为什么自己和孩子要遭受这样的折磨。

王：他希望寻找答案。

O：在催眠的过程中，他得到清晰的信息：很多自闭症的孩子，都来自更高级的灵魂——像您说的，大家在学校里的不同程度——他们在你们生命中出现，只是奉献自己，为你们提供机会，让你们学习怎么去爱，无条件地爱。

王：不计较付出，也不计较回报地爱——因为自闭症孩子，对你的付出可能并没有太多回应。

O：是的，真正的爱都是纯粹、无条件的。

王：为了能让我们真正学习掌握，生命有时候需要看起来残酷无情。

## 我们常常忘记：爱与宽恕

王：我很喜欢《前世今生》里传递的信息：不管轮回再生是否真实存在，但爱是真实的，只有爱是永恒的。

O：嗯，不管我们如何轮回，都是为了学习爱的课程。

王：爱是生命中最重要的。没有爱，人生毫无意义。

O：您的生命充满了爱：爱家人，爱学生，爱朋友……

王：爱是人类最根本最基础的情感。但是有时候，因为不同的观点，不一样的角度，或者不恰当的沟通方式，常常会阻碍我们看到互相的爱。或者说，让我们忘记了爱。

O：……?

王：像夫妻之间，父母与孩子之间，同事之间，朋友之间，经常会出现一些摩擦。

O：甚至是激烈的矛盾。

王：是的。那不是因为我们之间没有爱，而是我们所有的注意力，都放在了分歧和问题上，忘记了原本基于爱的出发点!

O：呵呵，闹矛盾的时候，满眼满脑都是他不支持我，给我找麻烦，不听我的话，我要怎么跟他斗争辩论。经常连要解决的问题和起因都忘了，哪里还记得什么爱不爱呢?!

王：这就是我们凡人的弱点——经常被表面现象带着走。

O：走着走着，就走丢了自己!

王：走丢了自己，丢了自己的内心，丢了爱。所以要时时提醒自己，你才会记得。《小王子》里说，真正可怕的不是长大，而是忘记。

O：忘记去爱和被爱的感觉。

王：是的，忘记是很容易的事情。

O：您在这块做得很好了，是我们学习的榜样。跟您在一起，我能感受到的，就是满满的爱！

王：不够好。我也会常常忘记，特别是对身边的人。

O：……

王：我不是说过，自己爱憎分明吗！我内心还有憎，按佛家说，就是有嗔心。爱得不够纯粹，不够圆满。

O：您对自己太苛刻了！

王：不是苛刻，是事实。像从天津调来广州，我认为自己是被动接受的，认为先生没有事先征询我的意见，所以即便到了广州，自己心里也不高兴。

O：您说是满肚子气调过来的。

王：是的，这就是嗔。我先生是广东人，大学毕业后被分配到天津工作，跟我结婚前，在天津无亲无故。婆婆一个南方老太太，不远千里，到天津帮我们带孩子。那么多年，她努力适应北方的气候和生活习惯，一句怨言都没有。

O：老太太也太不容易了！

王：是的，我婆婆真是客家女人的典范——勤劳善良，可以为家庭为儿女付出所有！现在看，先生想调回广州工作，离老家近些，是再正常不过的想法了。但那时候自己看不到，就觉得心里堵着口气，觉得先生不尊重自己。

O：您不能接受自己背井离乡的事实。

王：嗯，而且我和父母的关系一直很密切，远离父母是我极不情愿的事情。先生知道我的想法，所以很清楚，如果事先跟我商量调回广州，我肯定是不会同意的。

O：所以只能先斩后奏——既成事实，才能让您过来！但是您先生和婆婆在天津，也是背井离乡呢！

王：那时候真是年轻气盛，完全看不到这些。

O：就只看到自己的万般不情愿！

王：对，不知道内省自身。很长一段时间，这种负面情绪影响到了夫妻间的正常沟通，甚至是家庭气氛，对孩子的成长也有影响……爱，我想那个时候，自己已经完全忘记了——不管是去爱，还是被爱！

O：如果再选择，您可能更容易接受工作调动这个事情？

王：会更坦然，更多地站在别人的角度看事情、想问题，而不是仅仅从自己的角度去判断，去抱怨。

O：但是您在广州这二十多年，各方面的表现都已经弥补了这个缺憾。

王：缺憾是很难弥补的，发生了就是发生了！

O：您觉得后悔吗？

王：后悔倒没有——呵呵，你不也老说，后悔不管用嘛！

O：呵呵，我是懒人想法——不过后悔确实不怎么管用。

王：无助于改善情况的无用之功，没有必要费神去做，所以我倒也不后悔……但是学会反省自身，从中吸取教训，对自己也算一个进步吧！我也还在学习爱的课程嘛！

O：嗯，改变一个态度，人生也会发生改变。没关系，反正这学习也不是一辈子就能完成的。慢慢来，不着急！

王：这两年多，我已经在鬼门关溜达好几趟了。虽然还没进去，估计也快了。现在，我在慢慢学习和世界和解，也和自己和解。

O：和世界和解，和自己和解！

王：嗯，学会宽恕，和这个世界和解。每个人都有存在的理由，也都有选择的权利。任何事情，任何人，都值得尊重；看上去的种种不公、不平、不解，都值得宽恕。

O：尊重各种存在。

王：宽恕别人，宽恕世界——更要记得宽恕自己！和自己和解也很重要，要不总觉得自己哪都不对，哪都不行。

O：呵呵，既要宽以待人，也要宽以待己。

王：以前我总是严以律己，严以待人。

O：有点严苛。

王：宽恕可以让我们心胸更开阔，心灵更安宁……你还年轻，还有很长的路要走。要时时提醒自己，不要忘记：做个纯粹的人，要爱，要宽恕。

# 关于她的梦

王老师经常做梦，各种各样神奇的梦。她会在梦里作诗、写散文、编故事，脉络清晰，结构分明。有跟现实社会相关的，也有完全不着边际的。在梦里，她常常作为旁观者分析解读。我爱听王老师说梦。我们经常聊她的梦，聊得兴致盎然。我笑说，您应该把这些梦都记录下来，多有意思呀，哈哈，就成真正的“梦溪笔谈”了！

## 美美的白日梦

王：你是唯一一个这么愿意听我说梦的人。

O：啊，是吗？这么有趣的事，怎么会不愿意听呢！只是其他人都太忙了，没有时间。我现在是闲人嘛，有的就是时间，您尽管讲，我洗耳恭听！

王：我一说做了什么梦，别人就说，就是因为你白天老胡思乱想，晚上才做这些稀奇古怪的梦。快别再胡思乱想了！

O：呵呵，日有所思，夜有所梦。他们说的也有道理。

王：嗯，我知道他们是好意，担心我老做梦，睡不安稳，还耗神。不过这睡觉要做梦，我自己也控制不住呀！

O：所以只好顺其自然了！没关系啦，反正现在咱俩都是闲人，没事在一起说说梦话，想想也挺惬意的……

王：哈哈，同意——一起做美美的白日梦！

## 梦中改诗

（6月，王老师让我写个横联，说要挂在墙上，时刻提醒自己遇事要有静气。我自知远不能担此重任，便请段辉平老师帮忙，题写了“每临大事有静气”的横联，并将其装裱送到她家。）

6月19日晚，王老师发来短信：一世匆匆当惜缘，滴水恩惠涌泉报。“举手之劳”心厚重，师徒渡我慈悲道。谢小O!!!

6月20日大早，王老师再发来短信：昨夜梦中改诗：一世匆匆当惜缘，滴水恩惠报涌泉。“举手之劳”慈悲心，师徒渡我走阳关。每临大事有静气，古贤诲人传经年。笔墨大师惠箴言，忘年小友结善缘。见笑见笑。

## 做只拉布拉多犬：忠诚、勤奋

（8月，我去王老师家，她正斜靠在沙发上看电视。）

O：看什么呢？

王：《神犬小七》，连续剧。

O：哦，讲什么的？

王：讲一只警犬的故事，它叫小七。故事很感人。

O：那小狗是主角？

王：是，一只拉布拉多犬。

O：哦。

（注：王老师跟动物有着天然的亲近感，从天津到广州，

他们家一直都有猫猫狗狗这些宠物。她生病前，家里还有只叫笨笨的老猫，日夜相伴，每晚共眠，直至老猫离世。

而我，从小对猫狗有着天生的恐惧，直至近年这种恐惧才慢慢缓解，但对狗的品种毫无概念。那是我第一次听说拉布拉多犬，当时根本记不清王老师说的什么品种，回来上网查了一下，才对上这狗的名号。王老师说名称，我只能应着，虽然没搞懂，但是我听出了她当时的强调语气。

王老师又定定地看了一会儿电视，然后把它停了。)

O：不看了？没关系呀，您继续看吧，我也一起看！

王：反正是网络电视，随点随看，让它也休息一下！

O：呵呵，不是您休息，是让电视休息一下。

王：是让小七休息一下。

O：哦。

王：拉布拉多犬是工作犬。绝大部分的警犬和导盲犬，都是拉布拉多犬。

O：长得很漂亮！

王：拉布拉多犬有两大特点：忠诚、勤奋。

O：哦，我以为是聪明呢！

王：它是很聪明，但其他很多品种的狗也很聪明，那不是拉布拉多犬最突出的品质……人也一样，仅仅依靠聪明，不能让人成为优秀的人。

O：嗯，有时候还会聪明反被聪明误。

王：跟你说，大概一个月前，我做了一个梦，就是关于拉布拉多犬的。那个时候，我还不知道有这部电视剧呢！

O：真的？快说来听听！

王：我梦到自己在一艘邮轮上，很大的邮轮。我当时正在甲板上散步，忽然听到一阵嘈杂声。我往周围看了一下，看到不远处有一群孩子，蹲在地上，围了个圈，叽叽喳喳，好像在争论着什么。

O：嘈杂声就是从他们那边传过来的？

王：是。我向孩子们走过去。走近了，才发现他们正围着一条狗，一条老狗——是一条拉布拉多犬！它趴在地上，耷拉着脑袋，已经走不动了。孩子们尝试着给它喂各种各样的东西，但它都只是用鼻子嗅嗅，碰一下，又歪过头去了。

O：太老了，已经吃不动了。

王：嗯，我挤进去，也蹲下来。忽然，那拉布拉多犬耳朵动了一下，头抬了起来。它眼睛一亮，定定地看着我，安静而慈祥。我们四目对视，瞬间，真的就是一瞬间，一个念头出现在我的脑海：我就是这条拉布拉多犬，一条快死去的拉布拉多犬。非常清晰，没有一丝的疑问！

O：啊，这么清晰！

王：是，非常清晰的信息。我一点恐惧都没有，特别坦然、安宁。我们就这样静静地对视着。我突然意识到，身边这群充满关爱的孩子，就是我的朋友——我将在朋友的关爱中离开这个世界，一点都不孤独。早上醒来，我一直想着这个梦。我想，我这一生都有朋友相伴，不孤独，很温暖。

O：挺好的。

王：我想，下辈子，我就托生做条拉布拉多犬！

## 那个热热闹闹的追悼会

（10 月 3 日，我到医院探望王老师。她精神尚好，另外两位朋友也在病房陪伴。）

王：小 O，我又做梦了。

O：哦，梦到啥了？

王：我的追悼会。

（王老师的声音已经变得微弱，我得身体前倾靠向她，才能听清她说话。她的两位朋友坐在床尾稍远的边上，正聊得投入，没怎么留意我们的谈话。）

O：啊?!

王：嗯，我的追悼会，可清楚了。

O：……

王：有家人、朋友、同事，还有学生，很多花，还有音乐……热热闹闹的，一点都不悲伤。

O：您确定那是您的追悼会么？

王：是的，我一直在看着——但这些人都不知道，我正在边上看着呢！我就是希望，大家像参加聚会一样，参加我的追悼会。我不喜欢悲悲戚戚的……为了选哪张照片作遗照，两个儿子还有点小争执呢！（王老师语气轻快，还窃笑了一下。）小儿子要选慈祥微笑的，大儿子要选严肃认真的。

O：呵呵，他们的选择倒反映了您的刚柔并济。最后选了哪张？

王：慈祥微笑的，我也喜欢。嗯，还在家里设了个小灵位，有人到家里悼念，总得有地方，给人上个香，鞠个躬呀！

O：您还梦得够周到的！

王：灵位就在客厅现在摆电视的地方。上面匾额“每临大事有静气”，中间我的遗照，下面摆个桌子，挺不错……要真问我的意见，我就不想搞追悼会。只要愿意的人来家里，给我鞠个躬，我就觉得挺满足的了，也算不枉这一生了。

O：不过身后事，可能就由不得您自己说了算了。况且，您是公家人呢，单位也会有考虑，您不用瞎操心。

王：嗯，这个我知道。所以只能在梦里实现我的愿望了！

（一口气说了这么多，王老师明显有点累了，闭上眼睛休息。过了一会儿，她又睁开了眼。）

王：不过梦里还有件遗憾的事！

O：哦，啥遗憾的事？

王：没看清追悼会上的挽联，不知道怎么写的！我拼命想看呢，可就是怎么都看不清楚！

（王老师有点小懊恼。）

O：哈哈，您还想偷看自己的判词呢！真是《红楼梦》看多了——死都死了，还那么在意别人对您的盖棺定论呀，真俗！

王：嘿嘿，小俗一下。

（王老师轻轻地笑。）

讲完这番话，王老师心情明显轻松了许多，但很快又睡了过去，甚至打起了小呼噜。她看上去安详而满足，嘴角还挂着浅浅的笑意。很难想象，她将在十日后即赴死神之约。

（后续：10 月 17 日，王老师遗体告别会在殡仪馆举行，我没有出席。我想，我们俩都已提前出席了她那热热闹闹的追悼会了，虽然只是在她的梦中，但那是她所希望的。最后的挽联怎么写，我也不清楚。王老师的一生灿烂而精彩，用自己的光，照亮了她所接触的每个人的世界。我们俩都相信，别人最后怎么说根本就不重要，重要的是过程！结果是给别人看的，过程才是自己的。)

## 我：一个买了绿色石头的叙利亚难民

（王老师从一阵小睡中醒来。她说之前睡不着，现在住院，医生给打了些安眠的药，倒成睡不醒了，总是很困。她的一位朋友带来了挺好的咖啡，坚持让她尝一点，说好提神。拗不过朋友的好意，王老师同意尝一点。喝完咖啡，她又躺下，闭眼休息。过了一会儿，她突然睁开眼睛，望着我。)

王：小O，我还梦到你了！

O：哦，是吗？在您的追悼会上？

王：不是，是另外一个梦。

O：哟，您还专门为我做了个梦呀，太客气了！谢谢啦！

王：嗯，你是个叙利亚难民。

O：啊，叙利亚难民？这么惨！哎，您骨子里还是担心我没工作，没饭吃吧——到您梦里，我都成难民了！做梦您也不把我梦得白富美些呀，让人有点幻想嘛！

王：呵呵，这个真没有！嗯，你是很多难民中的一个。你们在逃亡，离开了叙利亚，逃到了另外一个国家。好像是美国，好像又不是，又不像欧洲。搞不清楚，反正是在国外。

O：您还真够紧跟时事的！

王：你们身上带了些钱。到了国外，大家就开始考虑买东西，要保值呀。很多人说，要置业，买房子，不动产。房地产价格现在升得多快呀！

O：噢，估计我们是逃亡到了中国！

王：有些人说要买黄金，最稳定。

O：瞎说，今年黄金价格也掉得很厉害呀，中国大妈损失不轻呢！

王：但是小 O 是个有智慧的人呀，跟他们不一样。你跟身边的人说，不行，我们不能买这些东西，这些都靠不住。

O：哈哈，是因为我没钱吧?!

王：你说要买一种石头！

O：倒，您越来越不靠谱了！在您梦里，我这么有智慧，然后就建议大家去买石头呀?

王：嗯，不是普通的石头！

O：钻石？红宝石？蓝宝石？

王：不是。不过我也没看清到底是什么石头，就记得是绿色的！

O：绿色的石头？那就是玉石啰，翡翠？

王：不清楚，反正是绿色的。上面还刻了些字。

O：在石头上刻字？

王：嗯，不是一般的字……是箴言。

O：箴言?

王：对，是箴言！

O：那箴言都说了些什么呀?

王：没看清！

O：咳，又是此处省略若干字……那后来，这些刻了箴言的绿色石头升值了么？我是不是成了亿万富翁了呀？

王：嘿嘿，后来呀……后来我就醒了！

O：哎呀，您这咋整的，总是把关键环节漏掉呀！

王：呵呵，可能天机不可泄露！

O：哈哈，下次不能这么不负责任的。要发扬您的责任心，好歹把我梦到成富豪什么的才醒嘛！做梦也要有做梦的原则，帮朋友要帮到底呀！

王：努力，努力！

（王老师露出了孩童般天真的笑容。）

这是王老师跟我分享的最后一个梦了！五日后，我们最后一见，她已非常虚弱，难以正常交谈，只是长时间出神地望着窗外。我在想，弥留之际，她是不是还做着那些神奇的梦呢？或者，就在七彩缤纷的梦中离去，她也定是喜欢的。

# 天上的她和地上的我

2015年10月13日，王老师在医院离世。

10月17日，王老师遗体告别会在殡仪馆举行。我没有出席。

10月19日，头七。按照王老师生前和我的约定，我到她家里，给她鞠了躬，上了香，算是送她最后一程。她儿子拿出她两年前的日志。其中一页上面写着：如果只有两年的生命，一定要活得有尊严；如果还有十年的生命，一定要活得有意义。我想，她都已经做到了——活得既有尊严，也有意义。

她儿子告诉我，他们打算把王老师安葬回天津老家。因为王老师生前一直都很遗憾，在父母晚年时没能随伺左右，以尽孝心，所以死后把她葬回父母身边，算圆了她的心愿吧！嗯，王老师定是非常欢喜的，我想，因为她多次跟我提到，在天津的童年是她最快乐的时光！

11月3日，三七。王老师挚友给我发来信息：小欧，你好，今天是王老师离开我们三七的日子，深深怀念……回想当日我们五人欢聚的幸福时光，王老师的音容笑貌宛然在目，无限的怀念！多年前王老师曾推荐我看《相约星期二》，书中情景正如九个月来的她与你！谢谢你给王老师带来的一切！

11 月 24 日，我前往天津永定塔陵极乐园拜祭王老师。墓碑上刻着四句诗：十月怀胎养育恩，艰辛苦乐不尽陈。海人教子留垂范，厚德慈爱有余温。

2016 年 1 月 20 日，大寒。《九月重生》初稿完成。

# 给她的一封信

王老师：

您好。今天是2016年1月20日，大寒（天上有二十四节气吗？即便有，估计算法跟地上的也不一样吧）。我知道，您在天上很忙很快乐呀！怎么知道？您不是给我报梦了么?!快百日了，您只在我梦里出现过一次。在梦里，咱俩一直在跳舞！我问您过得怎么样，您一直在笑在跳，反复跟我说，天上一天地上一年——这是我醒来后唯一记得的话了。

我想，这梦是什么意思呢？琢磨了一下，您是要告诉我，您在天上很快乐吧——天人真是快乐不知时日过呀，我们过一年你们才一天！按地上的时间度量，我一换算，您在天上也才不过三个多时辰呀，新丁上路，定是忙着适应新环境呢！知道您忙并快乐着，我真高兴。还有，在地上咱俩都是舞盲吧，但在梦里都尽情跳舞呢！您是要告诉我，记得跟生命起舞吧——是的，生命如此美好，我们应当与它共舞！谢谢您的提醒。

11月3日，您离开三七的日子。王梅老师发来短信，说十多年前您曾推荐她读《相约星期二》，书中情景宛如这九个月来的咱俩。我没读过那书，从来没听说过，您也没推荐过给我呀！我赶紧找来读。真是不看不知道，一看吓了一大跳——老天，看完前几章，我脑海里就只蹦出一句话：如有雷同，纯属巧合!!

您太神了，难道十多年前就已经预见了我们的重聚?!或者，那时候，老天已经给我们这九个月的重聚埋下了伏笔，只是您和我都未意识到——要回头看，才看得清楚，生命本就是环环相扣的。您没有推荐这书给我，是不想给我造成任何压力吧！等您走后，再授意友人转告我。谢谢您的细心。

那把我们的对话记录下来，写成一本书，人家会说抄袭吗？您说不会，我想也不会。因为内容完全不一样——时间、地点、人物、事件，还有语言——咱原版是中文呀，但主题是相同的——只有爱。

每天坐在手提电脑前，我就知道您正在边上监督呢！因为每写几页，脑袋就会不断跳出一个词：标题、标题、标题！（重要的事情真要说三遍吗?!）哈哈，我知道自己是不会干这事的，一定是您在捣鬼啦！

这完全是您的风格呀——凡章节必得提炼标题，连我们这对话实录也不放过！只要我不提炼标题，那词就会不停地在脑海里出现，直到我写上为止。真是锲而不舍，不达目标誓不罢休——就说您太较真了！好啦，我认了，这些组织工作就都听您的吧！谁让语文教学是您的专业呢，听专业人士的总是不错的。不过，这封信就没有标题了——没听过写信还要标题的。您别瞎操心，再犯职业病了！

我必须把我们的对话记录下来，因为我害怕自己忘记——我害怕忘记生命中的种种有趣，我害怕忘记我们对生命深深的热爱，我害怕忘记您对我的谆谆教诲和嘱托……是的，世界太喧闹，忘记太容易。我必须承认，人是健忘的，包括我，需要时时提醒。

把我们的对话记录下来，对我来说是多么简单——因为您一直在我身边，我们的对话就在那里，只需要我花点时间，回忆、收集、整理；但它又是那么的艰难——每次提笔，对我都是煎熬，一次次提醒我您的离开，每次我都哭得不能自已。我必须承认，人是脆弱的，包括我。虽然相信灵魂的存在，但每次想到您的身体已经离开，我仍十分伤痛。

我许了愿，在您离开百日的时候，完成对话录的初稿。明天就是您离开百日的日子，这个愿望看上去可以实现了。天果然是随人愿的。这书稿我们争取正式出版吧！我想您不会反对的，因为这是我们的共识——分享，让我们的人生更丰富。

前些天，我也读到蒙田的一句话——当然不是您说的给人腾地方那句。他说，如果我有信心做我真正想做的事，我就会不顾一切，彻底地自说自话。哈哈，当时我就想，请问这是说咱俩吗？好吧，咱俩就干这事吧——彻底地自说自话！别人怎么说，就不用在意了。在上面，您也要记得宽以律己，宽以待人呀！您现在是天人了，更不可以太俗了，不要整天想着偷看判词什么的——注意身份、身份、身份！

您还记得么，在《相约星期二》里，第十三周，行将就木的 Morrie 对 Mitch 说："只要我们相亲相爱，并记得我们曾经拥有的爱的感觉，即便死去，我们也不会真正离开。你所创造的爱还在那里，所有的记忆还在那里。你还活着——在你活在这世上的时候曾经触碰和灌溉的每个人的心灵深处。……死亡可以结束生命，并不能结束人与人之间的关心。"

真好，我也是这样想的。我要时时提醒自己，您永远和我们在一起，以我们所喜爱的方式。您的爱永存——哈哈，有点煽情吧！

我的三年假期已经放完啦，这本书稿刚好做结，也权当纪念吧！您别催我，也不用再为我担心了，这回不用您把我扫地出门，我自己也会主动出门，该干啥干啥啦！咱不是说，没完成这世上的任务，想逃也逃不掉的。做不成逃兵，就做一个勤奋的士兵吧，学习拉布拉多犬的精神嘛！

对了，您在天上先尽情玩乐一下，别老惦记着下辈子托生做条拉布拉多犬呀！这辈子干了那么多好事，积善之人呢，下辈子做条狗的可能性估计不大！咱学习拉布拉多犬就好：忠诚、勤奋。其实，这辈子您都做到了——忠诚于事业、忠诚于朋友、忠诚于家庭，一辈子勤勤恳恳，任劳任怨。不过，这辈子可能还不够快乐，太多烦心事了，下辈子要记得让自己过得更轻松，更快乐些！

最后，您可不要食言哦，也要时刻提醒自己，记住走前给我发的短信呀："我在遥远的或天或地之际望着你！"

愿您在天上一切安好，幸福快乐！

小 O

2016 年 1 月 20 日

# 后　记

自由 · 理想
尊重 · 信任
分享 · 互助
宽恕 · 感恩
仁慈 · 善良
……
一切都是爱
爱是生命永恒的主题

特蕾莎修女：我们以为，贫穷就是饥饿，就是衣不蔽体，没有房屋。然而，最大的贫穷，却是没有爱，不被需要，不被关心。